明末清初の王朝交代期を生きた陳啓源の主著『毛詩稽古編』三十巻は，清朝詩経学を代表する大著とされる。
その所論は以降の学者達に認知され，学界に様々な影響を及ぼしたが，その背景には不明な点が多い。
本書は陳啓源の人物像と『毛詩稽古編』の成立・流布にまつわる諸事情を浮き彫りにしながら
彼の詩経学が持ち得た学術性と史的意義を解明する。

Chen qi-yuan's science of Shi-jing: The study of Mao-shi ji-gu bian

北海道大学大学院文学研究科
研究叢書

陳啓源の詩経学

『毛詩稽古編』研究

江尻徹誠

北海道大学出版会

研究叢書刊行にあたって

北海道大学大学院文学研究科は、その組織の中でおこなわれている、極めて多岐にわたる研究の成果を、より広範囲に公表することを義務と判断し、ここに研究叢書を刊行することとした。

平成十四年三月

目次

序　章

一　研究目的

本研究の目的は、『毛詩稽古編』の文献学的整理および陳啓源の詩経学の特色とその後世に対する影響の解明である。

筆者は大学院進学後、陳啓源の詩経学を研究対象に設定したのであるが、その際、まず『毛詩稽古編』の文献学的整理に着手した。

ところが、同書の成立および流布には複雑な経緯がある上、入手できる資料にも限りがあったため、筆者はこの文献学的整理の進行を長期的な研究目的に設定した。

そして、筆者が本格的な研究に着手した当時、陳啓源とその詩経学に関する論考は、国内では皆無であり、国外でもわずかに二本の専著が確認できるばかりであった。

かような状況下で筆者が研究を進めたところ、陳啓源の詩経学には、詩経学史上、注目すべき学説が幾つも存することが確認できた。とりわけその詩序論には看過できない学術的価値が認められたため、筆者は彼の詩序論を詩経学史上に明確に位置づけることをひとつの研究目的とした。

また、陳啓源の詩経学の特色を検討することにより、彼の活躍時期である明末清初の詩経学の一端が解明できる、と筆者は考えた。当該時期の詩経学研究に関しても、国内はもとより、国外でも決して豊富とはいえないのが当時の状況であった。明代と清代の詩経学はいずれも断代的に整理されることが学界の主流であり、その交代期に当たる明末清初の詩経学は看過されがちだったのである。

ゆえに筆者は史的観点から、陳啓源の詩経学が当時の学界でどのような学術的価値を有し、それが前代の詩経学とどのように関与し、後代の詩経学にどのような影響を及ぼしたか、その特色について考察を加え、そこから陳啓源の学術が詩経学史上に有する価値を解明することを更なる研究目的とした。

本書は、筆者が如上の研究目的にもとづき、検証を進めて発表した学術論文等の研究成果を総括し、整理・訂正するとともに、新たに看取しえた鄙見を加筆したものである。

二　先行研究と研究状況

陳啓源『毛詩稽古編』については幾つかの先行研究が存在するため、それら先行研究と現在に至るまでの研究動向をここで整理しておきたい。

まず、国外における先行研究について、陳啓源『毛詩稽古編』に関する研究として、現時点では、左記の論文および発表・報告が確認できる。

① 郭明華『毛詩稽古編研究』（東呉大学中国文学研究所碩士論文、一九九二年五月）
② 林葉連『陳啓源胡承珙詩経之研究』（台湾学生書局、一九九四年七月）
③ 単周尭「従『孔子詩論』看『毛詩稽古編』之『詩序』不可廃説」（香港大学、明清学術国際研討会、二〇〇二年十二月）
④ 洪文婷「『毛詩稽古編』之解経立場与態度——以陳啟源対朱熹之批評而論」（台湾清華大学、清華大学中文系二〇〇五年全国研究生論文発表会、二〇〇五年十一月）
⑤ 同「『毛詩稽古編』之解経原則」（高雄師範大学経学研究所、第一期青年経学学術研討会資料、二〇〇五年十一月）
⑥ 同『陳啟源『毛詩稽古編』研究』（国立中央大学中国文学研究所博士論文、二〇〇七年五月）
⑦ 同「『毛詩稽古編』之以意逆志説」（輔仁大学中国文学系、第六届先秦両漢学術国際研討会『詩経』、二〇〇七年十一月）

以下、これらの先行研究に関する鄙見を簡潔に述べる。

① 郭明華『毛詩稽古編研究』

郭氏の論考は右に提示した諸研究のうち最も早く書かれたものである。郭氏の研究は『毛詩稽古編』にみえる詩経学上の命題に対する陳啓源の所論を幅広く採り上げ、同書から丁寧に資料を蒐集して分析を試み、陳啓源の学術思想を概括している。あえて問題点を挙げるならば、テキストとして『四庫全書』所収本と『皇清経解』所収本の二種を挙げるばかりで、『毛詩稽古編』諸本の整理が未着手のままであることが惜しまれるが(1)、陳啓源の詩経学を研究する上で第一に参考にせねばならない論考といえる。

② 林葉連『陳啓源胡承珙詩経之研究』

同書は林氏の博士論文『中国歴代詩経学』（中国文化大学中国文学研究所、一九九〇年、のち単行本発刊、台湾学生書局、一九九三年三月）において林氏が披露した陳啓源に関する研究を発展させたものであり、やはり陳啓源の学術の概括を試みている点に特徴があるといえる。その他、とりわけ同書第三章「引書、引人考」にみられる、膨大な資料の整理と分析は参考に値する。

③　単周尭「従『孔子詩論』看『毛詩稽古編』之『詩序』不可廃説」

単氏の報告は、陳啓源の詩経学においてその特色が最も認められる詩序論にまつわるものであるが、遺憾ながらこの会議論文は未見のため、学術論文としての発表が待たれる。

④　洪文婷「『毛詩稽古編』之解経立場与態度――以陳啟源対朱熹之批評而論」

⑤　同「『毛詩稽古編』之解経原則」

⑥　同『陳啟源『毛詩稽古編』研究』

⑦　同「『毛詩稽古編』之以意逆志説」

以上四点はすべて洪氏による研究である。洪氏はたとえば、⑤の報告において陳啓源の詩経学が「古経の本旨を推求する」ことを目標とするものであり、ゆえに『詩序』や『毛伝』、および『爾雅』に依拠したと結論づけている。洪氏は④および⑤の報告に新たな知見を加えて⑥の博士論文を完成させた後、⑥においても採り上げた「以意逆志説」について、⑦の報告を行った。洪氏による一連の研究は国外における最新の研究であり、陳啓源の詩経学を細分化して検討を加えている点に特徴がみられる。

ここまで確認した海外諸氏による先行研究はそれぞれ尊重すべきものであるが、このうち最も参照すべき論考は、その分析の緻密さと研究範囲の広汎さから、①の郭氏によるものと愚考する。『毛詩稽古編』自体が三十巻を数える大著であることも影響して、郭氏や林氏らが採用した概括的な研究手法にはある種の限界が認められるのも事実であり、ゆえに現在は洪氏の諸研究にみられるような、研究対象の細分化・深化の傾向が表れてきている段階といえる。

しかしながら、これら先行の諸研究においても、たとえば基礎資料である『毛詩稽古編』の文献学的整理が未着手であるように、未だ多くの検討すべき課題が残されている。

ところで我が国では、当該時期の詩経学研究そのものがいわば未開拓の分野であることとも相俟って、陳啓源『毛詩稽古編』に対する研究は、管見の限り、筆者による学術論文が確認できるばかりである。

筆者はまず修士論文『陳啓源『毛詩稽古編』について』(北海道大学大学院文学研究科修士論文、二〇〇〇年一月)で陳啓源の学術思想の概括的把握を試みた。

以後、筆者は様々な観点から研究を進めてきた。その表題を左に提示しておきたい。

① 「陳啓源『毛詩稽古編』――『詩経』解釈の方法と後世の評価について」(『中国哲学』第二十九号、北海道中国哲学会、二〇〇〇年十二月)

② 「陳啓源『毛詩稽古編』における詩序論について」(『日本中国学会報』第五十七集、日本中国学会、二〇〇五年十月)

③ 「陳啓源『毛詩稽古編』成立とその流布について」(『詩経研究』第三十号、日本詩経学会、二〇〇五年十二月)

④ 「陳啓源と朱鶴齢の詩経学――陳啓源『毛詩稽古編』の成立に関する一考察として」(『詩経研究』第三十一号、日本詩経学会、二〇〇七年二月)

⑤ 「清代詩経学中的詩序論」(『二〇〇七年中日博士生学術研討会・第二届東亜経典詮釈中的語文分析国際学術研討会会議論文集』、文献与詮釈研究論壇、二〇〇七年七月)

⑥ 「陳啓源『毛詩稽古編』における賦比興論――六義論に関する一考察として」(『中国哲学』第三十五号、北海道中国哲学会、二〇〇七年八月)

⑦ 『陳啓源の詩経学――『毛詩稽古編』研究』(北海道大学大学院文学研究科博士論文、二〇〇七年十一月)

⑧ 「『毛詩稽古編』嘉慶刊本的上梓与其影響――費雲倬「毛詩稽古編附攷」的意図」(元明清文化与文学国際研討会

会議論文、仏光大学文学系元明清研究中心、二〇〇九年四月）

⑨「『毛詩稽古編』研究――従成書到流布」（『当代経典詮釈多元整合教学研討会会議論文集』、当代経典詮釈多元整合学程研究計画、二〇〇九年六月）

国外諸氏の研究動向と同様に、筆者も陳啓源と『毛詩稽古編』の概括的把握から研究に着手し、現在は詩経学上の諸命題に対する陳啓源独自の学術思想の解明と、『毛詩稽古編』諸本の整理検討から得られる史的事実の整理を研究対象としている。筆者の研究は、以下各章で確認するように、『毛詩稽古編』の成立と流布・刊行にまつわる諸事情といった書誌学・文献学的整理や、陳啓源の詩序論が有する学術的価値の解明に関しては一定の成果が得られたと考えるが、国内外の研究状況を総じて案ずるに、陳啓源の学術思想と『毛詩稽古編』には未解明の命題が多数あり、多様な検討の余地が残されていることを確認しておきたい。

三 研究対象

1 陳啓源

陳啓源（字、長発。?～一六八九）は明朝から清朝への過渡期、所謂明末清初に在世した学者である。学問が盛んであり、数多（あまた）の碩学を輩出した江南の、蘇州府呉江県の出身だと伝えられるが、陳啓源に関する詳細な伝記資料は残念ながら残されていない。ゆえに、まず陳啓源の人物像を、ここで可能な限り明らかにしておきたい。

陳啓源に関して同時資料といいうるものは、『毛詩稽古編』にみえる朱鶴齢（字、長孺。一六〇六～八三）の序文（康熙十八年、一六七九、以下「朱鶴齢序」と表記）、陳啓源が自ら附した後序（康熙二十六年、一六八七、以下「陳啓源後序」と表記）、および陳啓源の弟子である趙嘉稷（生没年不詳）の序文（康熙四十年、一七〇一、以下「趙嘉稷序」と表記）が確認できるばかりである。また、朱鶴齢の著作にも陳啓源に関する記述が散見するため、これらの資料も整理の対象に加えたい。

まず陳啓源の卒年は「趙嘉稷序」に「先生、己巳の冬に没す」[2]とあることから、康熙二十八年（一六八九）だとわかる。生年に関する資料については、遺憾ながら確認できない。この「趙嘉稷序」に依れば陳啓源の室名は「存耕堂」である。

字は長発というが、これはたとえば「朱鶴齢序」において「陳子長発」との記述がみえることからも明らかである。最も遡っては、順治十四年（一六五七）に擱筆された『杜工部詩集輯注』の参訂者の一人として、「陳長発啓源」の名が確認できる[3]。

また陳啓源は、見桃とも号する。この号は、嘉慶十八年刊本『毛詩稽古編』の敍例に「見桃居士陳啓源述」とみえ、同書に阮元（一七六四～一八四九）が附した序文に「呉江見桃陳氏」とみえることから、遅くとも嘉慶年間（一七九六～一八二〇）には陳啓源に対する通称として用いられていたことが推察できる。さらに銭大昕（一七二八～一八〇四）が、臧琳（一六五〇～一七一三）の著作『経義雑記』に序文を寄せた際に、陳啓源を指して「陳見桃」と記していることが確認できる[4]。しかし、これらより以前の資料からは、管見の限り確認できなかったことを附言しておく。

陳啓源の著作については、『毛詩稽古編』三十巻の他、『尚書辨略』二巻、『読書偶筆』二巻、『存耕堂稿』四巻、および『無事公詩余』があったとされるが、これらはいずれも現在伝わっていない[5]。この他、現在、中国国家図書館（北京）に、『司空見聞録』一巻および『司空歴朝詩刻録遺』一巻が、陳啓源の著作として保存されている[6]。

次に、陳啓源の生涯を振り返るために、「陳啓源後序」の記述を参照したい。まず自身の幼少期について、陳啓源は次のように述べる。

> 余の家、本より世々易学を為す。幼くして専ら之を習い、而して後に余力を以て他経に及ぶ。顧みるに心独だ詩を好み、吟誦口を去らず。時に童小にして知識無く、徒だ其の葩詞の韻語、喉吻に便なるが故を以て、之を好むのみ。[7]（「陳啓源後序」）

陳啓源は幼少の頃、代々の家学であった易学をまず第一に習い、以後余力によりその他の経書を学んだ。なかでも特に詩を好んだが、それは『詩経』諸篇の意味内容を理解していたためではなく、詩に表れる音律や語感がただ心地良かったためだという。彼はやがてこの『詩経』の経義を学ぶこととなるが、その過程において次のような疑念が生じたという。

> 稍々長ずるに及び、粗文義に通ずれば、則ち之を疑うこと甚だし。以為えらく『五経』は皆、聖人、世に訓うる所以なり。詩、独り章を連ね幅を累ぬるに、淫媟の談を俱うるは、此れ豈訓えと為す可けんや。[8]（同右）

陳啓源は『五経』が聖人の教示であると考え、それゆえ『詩経』に淫詩が含まれていることに疑問を感じたのである。ここで陳啓源が淫詩の存在を問題視していることから、当時彼が学んでいた詩経学は、朱熹（朱子、一一三〇～一二〇〇）『詩集伝』、すなわち新注と、その流れを汲み明代に完成した『詩伝大全』の学であったことがわかる。

そして陳啓源は、新注に対する古注、つまり『毛詩正義』の存在を、やがて知ることとなった。

> 少しく長ずるに逮び、将に成人せんとす。適々暑月、先君子、源に曝書を命ず。笥中を見るに、『十三経注疏』なる者有り。巻帙頗る多く、竊かに之を閲うに、方めて詩の、子夏『序』・毛公『伝』・鄭氏『箋』有るを知る。大いに喜びて曰く「此れ其の古人の詩説なるかな」と。遂に此の書を先君子に請い、伏して之を誦

めば、則ち益々喜悦すること、露を披き天を見るが若く、始めて詩教の真に世に訓うるに足り、聖作為るに媿じざるを信ず。而して向日の疑い、尽く釈く。(9)（同右）

陳啓源は書籍の虫干しを命じられた際、その中に『十三経注疏』を発見し、こっそりと『毛詩正義』を紐解いてみた。彼は古注の存在に感激し、その読解を進めるうちに、古注の解釈に依り『詩経』を理解してこそ、『詩経』は聖人の作としての『五経』のひとつ足りうると考えるに至ったのである。かくして陳啓源は古注に則った詩経学を考究していくこととなった。

さて、陳啓源が『毛詩稽古編』を執筆するに当たり、最も頼りにしたのは先述の朱鶴齢である。朱鶴齢と陳啓源の交遊に関しては、両者ともに明言するところであるが、以下にその例を提示したい。

陳啓源は、朱鶴齢との交遊について、次のように述べている。

惟うに朱子長孺、慨然として経を窮むるを以て自ら任じ、而して余と遊処すること最も密、持論又多く余と同じ。(10)（「陳啓源後序」）

また朱鶴齢は、自著『詩経通義』を陳啓源とともに論定したことを、次のように述べる。

余、向に『通義』を為すに、多くは陳子長発と商搉して成し、深く其の拠を援くこと精博なるに服す。(11)（「朱鶴齢序」）

これらの言からも、両者が深い学術的交流を結んでいたことは想像に難くない。

朱鶴齢の他に、陳啓源は友人として、顧偉と楊旭の両名を『毛詩稽古編』で挙げている。顧偉は字を英白といい、呉江の人で、著作に『格軒遺書四十五種』『唐詩彙選』があったという。(12)楊旭は字を令若といい、『毛詩稽古編』において二度ほどその学説を引用されている。(13)この他、本書に対する先行研究である郭明華『毛詩稽古編研究』では、朱鶴齢『愚庵小集』巻二にみえる朱鶴齢の詩「五言古詩同茂倫樵水長発庶其小集介白斎中得落字」を

採り上げ、陳啓源が顧有孝（字、茂倫）、顧樵（字、樵水）および徐白（字、介白）と交遊があったとみなしている。(14)

ところで陳啓源の学術思想については、彼が「惟だ生平、仏を信ず」（『国朝詩人徴略』巻三）るといい、仏教思想との関係を指摘する記述がみられる。(15)この指摘自体は、『四庫全書総目提要』に端を発するものである。『四庫全書総目提要』は、『毛詩稽古編』巻三十「附録」にみえる「邶、西方之人条」および「周頌、捕魚之器条」の記事等にもとづき、かような評価を下したが、以後、陳啓源を紹介する際にこの評価が広く継承されていったことから考えるに、『毛詩稽古編』にみえる仏教思想の影響が、陳啓源の学術思想における特色のひとつとして認知されていたことがわかる。(16)

2 『毛詩稽古編』

『毛詩稽古編』三十巻は、陳啓源による『詩経』の研究書である。本書では、同書にみえる陳啓源の詩経学および同書の縁起等について以下各章にて整理していくため、ここでは同書それ自体に関する簡単な解説を施すこととする。

『毛詩稽古編』の起稿から脱稿までの期間については、陳啓源が次のように述べている。

甲寅に起こり、丁卯に訖うるまで、閲すること十有四載、三たび稾を易え、始めて此の編を成す。(17)（「陳啓源後序」）

ここから、『毛詩稽古編』の執筆が康熙十三年（甲寅、一六七四）に始まり、のべ十四年にわたる改訂を経て、最終的に康熙二十六年（丁卯、一六八七）に擱筆されたことが看取できる。

次に、『毛詩稽古編』の篇次について簡潔に説明すると、同書は大きく二つの部分に整理できる。まず、巻一から巻二十四は本論であり、『詩経』にみえる詩篇それぞれに対する陳啓源の解釈がここに披露されている。次いで、巻二十五から巻三十は「総詁」と呼称される部分であり、陳啓源はここで詩経学上の諸命題や『詩経』にみえる制度、および文字等を採り上げて考察を加えている。

『毛詩稽古編』に対する最初の概説である『四庫全書総目提要』を紐解くと、同書に対して次のような書評が挙げられている。

啓源の此の編、則ち訓詁は一に諸を『爾雅』に準い、篇義は一に諸を「小序」に準い、而して経旨を詮釈するは、則ち一に諸を『毛伝』に準いて、『鄭箋』もて之を佐く。其の名物は則ち多くは陸璣『疏』を以て主と為す。題するに『毛詩』と曰うは宗する所を明らかにすればなり。『稽古編』と曰うは、唐以前専門の学を為すを明らかにすればなり。[18]（『四庫全書総目提要』四、経部詩類二「毛詩稽古編」）

『毛詩稽古編』は、「唐以前専門の学」（同右）、すなわち「漢学」を重視する研究書である、と把握されていることがわかる。次の記述も参考としたい。

……其の間、漢学を堅持し、一語の出入を容さず。未だ或いは偏る所有るを免れずと雖も、然れども拠を引くこと賅博、疏正詳明、一一皆本づく有るの談なり。[19]（同右）

『毛詩稽古編』が漢学を堅持している点にはやや偏りがあるものの、その手法は実証的である、と評価されている。同書に対する後世の記述および評価の類は、この『四庫全書総目提要』をひとつの雛形とし、加えて、如上の整理で提示した諸資料から幾分かの取捨を経て形成されているが、その内容はほぼ一様であることをここに附言しておきたい。[20]

さて、ここで現存する『毛詩稽古編』諸本について整理を加えたい。『清代詩話知見録』（呉宏一主編、台湾、中央研究院中国文哲研究所、二〇〇二年二月）に依れば、のべ十種類のテキストの存在が、その所蔵とともに紹介されている。以下に該書にみえる体裁のまま抜粋する。
清抄本、張敦仁校（北京、国家図書館）
清抄本、銭坫校（北京、国家図書館）
清抄本、王季烈跋（北京、国家図書館）
清乾隆間写文淵閣四庫全書本（台湾、故宮博物院）
清嘉慶十八年（一八一三）刊本（台湾、中央研究院傅斯年、日本、九州大学）
清嘉慶十八年（一八一三）呉江龐佑清刊二十年（一八一五）増刊附考本（美国、葛思徳、日本、京都人文科学）
皇清経解本（道光本、咸豊補刊本、鴻宝斎石印本、点石斎石印本）
清光緒九年（一八八三）上海同文書局用嘉慶十八年（一八一三）呉江龐佑清校刊縮印本（台湾、台湾大学、日本、東京綜合、韓国、奎章閣）
一九九一年山東友誼出版社孔子文化大全叢書影張敦仁校清抄本
台湾商務印書館影印文淵閣四庫全書本

『毛詩稽古編』は陳啓源の在世時から、しばらくは手抄によってのみ流布した。やがて江西按察使であった王昶（一七二四〜一八〇六）の進呈により、乾隆四十六年（一七八一）に完成した『四庫全書』に収録されると、嘉慶十八年（一八一三）に初めて上梓され、嘉慶二十年（一八一五）には費雲倬（生没年不詳）による『毛詩稽古編附攷』一巻を巻末に配して重刊される。また、道光九年（一八二九）、『毛詩稽古編』は阮元による一大叢書『皇清経解』に収録された。現存する『毛詩稽古編』は、これら諸本の流れを汲むものである。

先掲の諸本のうち、『四庫全書』所収本二種と『皇清経解』所収の諸本は、それぞれテキストとしては同一の系統のものであることから、本書では各々を統括して把握することとする。

次いで「清抄本」三種について述べる。張敦仁校清抄本に関しては、その影印本が孔子文化大全本（山東友誼書社、一九九一年十月）として出版されており、幸いにも検討を加えることができる。文字は篆文と楷書が雑交しており、前後に序跋がある。試みに全編を比較したところ、総段落数や文字の異同等に関しては、『四庫全書』所収本と同様の特徴を示していることから、同系統のテキストと判断できる。

銭坫校清抄本および王季烈跋清抄本に関しては、北京国家図書館で善本として取り扱われており、容易に参照できないため、両書の検討は今後の課題とする。ただ、銭坫校清抄本については、先掲の孔子文化大全本（張敦仁校清抄本）に、銭坫による考証が頭注として多数遺されており、両書には何らかの関連性があるものと推察される。

抄本に関しては、『清代詩話知見録』にみえる三種の他にも二種の存在が確認されている。以下にその書誌情報を提示する。

『毛詩稽古編』三十巻（山東省図書館蔵、清康熙四十年趙嘉稷抄本、清趙嘉稷跋）

『毛詩稽古編』三十巻（南京図書館蔵、清抄本、佚名校）

これら両書は未見のため、その詳細に関しては不明であるが、山東省図書館蔵本については、「康熙四十年趙嘉稷抄本」との記載が事実であれば、これは擱筆された『毛詩稽古編』を趙嘉稷が俗字に書写した手抄本の、まさに原本である。

嘉慶十八年刊本は『毛詩稽古編』における初めての刊本であり、龐佑清[21]（生没年不詳）・費雲倬の両名を中心に、当時までに存在した『毛詩稽古編』諸本を蒐集し、校勘を施して刊行されたテキストである。

嘉慶二十年増刊附考本は嘉慶十八年刊本の重校再刊本であり、校勘者の一人、費雲倬による『毛詩稽古編附攷』一巻が附されている。この『毛詩稽古編附攷』には、費雲倬が校勘を進めた際に確認された異同が逐一記録されており、『毛詩稽古編』の成立を研究する上で非常に価値のある資料といえる。[22]

これら嘉慶刊本は、光緒九年に上海同文書局から縮印本として再び刊刻される。同書は巻末に『毛詩稽古編附攷』がみえることから、嘉慶二十年増刊附考本を底本としていることがわかる。これら三種の刊本は、その出自にもとづき、統括して取り扱うこととする。

本書では以上の諸本から、底本として依拠すべきテキストに、『四庫全書』所収本を選定し、それに関連する諸本を補足に用いる。その詳細な理由に関しては本書第二章等で提示するが、以下簡述しておきたい。

まず未見の清抄本を除く諸本を概括すると、『四庫全書』所収本の流れを汲む諸本と、嘉慶刊本の流れを汲む諸本に大別できる。[23] この両書を比較検討すると、嘉慶刊本は文字や文章の脱落が多くみられる。ゆえに本書では、『四庫全書』所収本を依拠すべきテキストとする。

なお、以下、『毛詩稽古編』から陳啓源の学説を引用する際には、その書名を省略し、巻数および篇名のみを明示するとともに、その原文を注に附記し、諸本に異同が確認される場合はその詳細について説明を加える。その他の引用文に関しては、書名・篇名を明記した上で原文を適宜注記することとする。なお、注に附記する原文は基本的に原資料の表記に準拠する。

（1）　郭氏は当該論文第二章第二節「成書経過与刊刻板本」において、『四庫全書』所収本と『皇清経解』所収本を挙げた上で、『皇清経解』所収本を底本としており、また、林氏および洪氏も郭氏と同様に『皇清経解』所収本を底本に採用している。『毛詩稽古編』諸本の整理と詳細な分析に関しては、先掲の諸氏ともに未着手だといえよう。詩経学の一大叢書として近年編まれた『詩経要籍集成』(中国詩経学会編、学苑出版社、二〇〇二年十二月)に『毛詩稽古編』(『皇清経解』所収本)が収録された際、冒頭に提要が附されたが、当該の提要においてもただ「諸本」として『四庫全書』所収本と『皇清経解』所収本の二種のみが提示されているばかりで、こうした状況からも、諸本の整理の必要性がうかがわれる。

（2）　原文は次のとおりである。

先生沒於己巳之冬。(「趙嘉稷序」)

(3) この他、たとえば朱鶴齢「周易広義略序」にも次のように陳子長発の名がみえる。
陳子長發、一日過余曰、「古人一隅反三、經何必全解。如黃東發・王伯厚、以略解而傳者多矣。子何不撮舉其要。自爲一書、以示來者」、余感其言、乃剌取其中攝合理・象、參論古今諸儒得失者、得一百餘條、復增益十餘條、詮次爲四卷。名曰『廣義略』云。(『愚庵小集』巻七所収「周易広義略序」)

なお、文中の『周易広義略』は散佚している。

(4) 銭大昕の文章は次のとおりである。
國朝通儒、若顧亭林・陳見桃・閻百詩・惠天牧諸先生、始篤志古學、研覃經訓、由文字・聲音・訓詁而得義理之眞。(『潜研堂文集』巻二十四「臧玉林経義雑識序」)

(5) 陳啓源の著作については、たとえば、『清史列伝』に次のような記載がみえる。
陳啓源、字長發、江南吳江人。諸生。性嚴峻、不樂與外人接、惟嗜讀書。晩歳研精經學、尤深於『詩』。……所著『毛詩稽古編』三十卷……又著有『尙書辨略』二卷、『讀書偶筆』二卷、『存耕堂稿』四卷。(巻六十八「儒林伝下一」)

同様の記述はたとえば『清史稿』等にもみられる。文中の『存耕堂稿』、および『無事公詩余』(同治『蘇州府志』に依る)に関しては、張慧剣『明清江蘇文人年表』では『存耕堂詩稿』『無是居詩余』とみえる。いずれも現存しないため、その子細は不明である。

(6) 『司空見聞録』一巻、『司空歴朝詩刻録遺』一巻。ともに善本として保存されている。遺憾ながら未見であり、その真偽も含めて今後の調査課題としたい。

(7) 原文は次のとおりである。
余家本世爲易學。幼專習之而後以餘力及他經。顧心獨好詩、吟誦不去口。時童小無知識、徒以其葩詞韻語便於喉吻故好之耳。(「陳啓源後序」)

(8) 原文は次のとおりである。
及稍長、粗通文義、則疑之甚。以爲『五經』皆聖人所以訓世。詩獨連章累幅、倶淫媟之談、此豈可爲訓。(「陳啓源後序」)

(9) 原文は次のとおりである。
逮少長、將成人矣。適暑月先君子命源曝書。見笥中、有『十三經注疏』者。卷帙頗多、竊閲之、方知詩有子夏『序』・毛公『傳』・鄭氏『箋』。大喜曰「此其古人詩説乎」。遂請此書於先君子、伏而誦之、則益喜恍若披露見天、始信詩教之眞足訓世、不媿爲聖作矣。而向日之疑盡釋。(「陳啓源後序」)

(10) 原文は次のとおりである。

惟朱子長孺、慨然以窮經自任、而與余遊處最密、持論又多與余同。(「陳啓源後序」)

(11) 原文は次のとおりである。

余向爲『通義』、多與陳子長發商推而成、深服其援據精博。(「朱鶴齡序」)

(12) 顧偉については、『明代千遺民詩詠』二編巻一の記載にもとづく。『毛詩稽古編』においては、巻十三「小雅、節南山之什、十月之交」と、巻十六「小雅、魚藻之什、漸漸之石」においてその学説が引用され、そのいずれも天文学に関する記載である。

(13) 楊旭については、『毛詩稽古編』巻四「鄘風、君子偕老」と、巻七「秦風、終風」においてその学説が引用されているが、彼に関する子細は不明である。

(14) 郭明華『毛詩稽古編研究』第一章「作者生平及其著作」の指摘による。

(15) 『国朝詩人徴略』における指摘は次のとおりである。

本朝爲毛詩之學者、當以稽古編爲最。惟生平信佛、至謂西方美人爲指佛而言是則能治經而不能解惑矣。(『国朝詩人徴略』巻三「陳啓源」)

(16) 『四庫全書総目提要』は、陳啓源と仏教思想の関係を、『毛詩稽古編』巻三十にみえる記事を採り上げて、次のように指摘する。

至於付錄中西方美人一條、牽及雜説、盛稱佛教東流始於周代、至謂孔子抑三王、卑五帝、藐三皇、獨歸聖於西方。捕魚諸器一條、稱廣殺物命、恬不知怪、非大覺緣果之文、莫能救之。至謂庖羲必不作網罟、是則於經義之外、横滋異學。非惟宋儒無此説、卽漢儒亦豈有此論哉。白璧之瑕、固不必爲之曲諱矣。(『四庫全書総目提要』四、経部詩類二「毛詩稽古編」)

こうした評価は後世まで引き継がれていき、『国朝詩人徴略』『明代千遺民詩詠』『国朝学案小識』『国朝書献類徴』『清代樸学大師列伝』『経学歴史』等に同様の記述が確認できる。そしてこれらはいずれも、『毛詩稽古編』にみえる仏教の影響を、陳啓源の詩経学における欠点として把握している。たとえば皮錫瑞『経学歴史』は次のように批判する。

陳啓源『毛詩稽古編』能駁宋以申毛、而經説間談佛教。(『経学歴史』経学復盛時代)

(17) 原文は次のとおりである。

起甲寅、訖丁卯、閲十有四載、三易稾、始成此編。（「陳啓源後序」）

（18）原文は次のとおりである。
啓源此編則訓詁一準諸『爾雅』、篇義一準諸「小序」、而詮釋經旨則一準諸『毛傳』而『鄭箋』佐之。其名物則多以陸璣『疏』爲主。題曰『毛詩』明所宗也。曰『稽古編』、明爲唐以前專門之學也。（『四庫全書総目提要』四、経部詩類二「毛詩稽古編」）

（19）原文は次のとおりである。
……其間堅持漢學、不容一語之出入。雖未免或有所偏、然引據賅博、疏正詳明、一一皆有本之談。（『四庫全書総目提要』四、経部詩類二「毛詩稽古編」）

（20）陳啓源に関する記述は以下の諸本に確認できる。
『国朝学案小識』巻十二、『文献徴存録』巻三、『国朝先正事略』巻三十二、『小腆紀伝』巻第五十三、『明遺民録』巻六、『明代千遺民詩詠』二編巻六、『国朝詩人徴略』巻三、『国朝耆献類徴』初編巻四百十三、『清代樸学大師列伝』第一、『清史列伝』巻六十八、『清史稿』巻四百八十、『清儒学案』巻七、同治『蘇州府志』巻百六、『雪橋詩話続集』巻三、『経学歴史』経学復盛時代
このうち、たとえば『国朝学案小識』から『清代樸学大師列伝』までの諸本は、『四庫全書総目提要』の記述を明らかに継承している。

（21）龐佑清の名称の表記に関しては、「龐佑清」および「龐祐清」の二種が確認できるが、以下本書では嘉慶刊本の刻字表記である「龐佑清」に統一することとする。

（22）嘉慶二十年増刊附考本に附された、費雲倬『毛詩稽古編附攷』では、当時存在したテキストとして、以下の諸本が挙げられている。ここでは簡述にとどめ、その詳細に関しては章を改めて論ずる。
原本（原稿本、龐佑清所蔵本、陳啓源後定本）
甲子鈔本（康熙二十三年趙嘉稷借抄本）
趙氏本（康熙四十年趙嘉稷借抄本）
張氏本（張尚瑗（一六五六〜一七三一）親鈔本）
王氏本（王本、王昶手抄『四庫全書』所収本底本）

朱氏本（朱本、朱㻛（一七六九～一八五〇）手抄『四庫全書』副本）

俊偉手鈔本（詳細不明）

（23）嘉慶刊本と『皇清経解』所収本の関係について述べておくと、たとえば、清朝末期の学者である耿文光（一八三三～一九〇八）が、その著作『万巻精華楼蔵書記』巻五、経部詩類「毛詩稽古編三十巻」条において、嘉慶刊本について「学海堂本、改易今字」との双行注を附記して、嘉慶刊本を楷書に改めたものが『皇清経解』所収本であることを指摘している。この点に関しては章を改めて論ずる。

第一章　陳啓源『毛詩稽古編』成立とその流布

はじめに

陳啓源の著作『毛詩稽古編』三十巻は、康熙二十六年（一六八七）に完成した。これは陳啓源が『毛詩稽古編』に自ら附した「後序」において、その執筆期間について、

甲寅に起こり、丁卯に訖（お）うるまで、閲すること十有四載、三たび稾を易え、始めて此の編を成す。[1]（「陳啓源後序」）

と述べていることから明らかである。ここから、陳啓源が『毛詩稽古編』を康熙十三年（甲寅、一六七四）に起稿して、十四年にわたる改訂、および試行錯誤を経て、初稿から続稿、そして完成稿へと「三たび稾を易え」（同右）、康熙二十六年（丁卯、一六八七）に擱筆したことが看取できる。

以後、『毛詩稽古編』が紹介される際に、この記載があたかも必然であるかの如く引用されることとなったが、『毛詩稽古編』が完成に至るまでの経緯について実際に検討を加えた研究は、管見の限り見受けられない。[2]

また『毛詩稽古編』は、陳啓源の在世時において、ほとんど流布することがなかったが、江西按察使の職に

あった王昶（一七二四～一八〇六）の進呈によって、乾隆四十六年（一七八一）に完成した『四庫全書』に収録された後、嘉慶十八年（一八一三）に初めて上梓された。『毛詩稽古編』が康熙二十六年（一六八七）に完成してから、刊刻されるまでには、実に約百三十年もの時を経ている訳である。この間の流布は専ら筆写により行われたのであるが、『毛詩稽古編』が如何なる人物のもと、如何に伝承されてきたのか、その経緯に関する研究も見受けられない。

『毛詩稽古編』はやがて道光九年（一八二九）に、阮元（一七六四～一八四九）による『皇清経解』に収録されたのであるが、先述のとおり『四庫全書』収録以後、『毛詩稽古編』は、清朝の乾隆・嘉慶年間（一七三六～一八二〇）、いわゆる乾嘉期以降の学界において留意される存在であった。後世、このように注視された『毛詩稽古編』が、その完成後、表舞台に現れずに長く埋没してきたのは、どのような事情があったためであろうか。

『毛詩稽古編』に関する先行研究は、本書序章にて確認したとおり、国外において幾つかの論考があるが、その数は決して多くはない。(3) そのため、テキストに関する整理のような、最も初歩的な研究についても、未だになされていないのが現状である。

そこで本章では基礎的研究として、『毛詩稽古編』がどのような過程を経て完成したのか、そしてどのように流布したのかについて考察を加え、そこから『毛詩稽古編』のテキスト自体が持つ特色の一端を明らかにしてみたい。

一　『毛詩稽古編』完成までの経緯

『毛詩稽古編』の執筆過程において、陳啓源が特に深い関わりを持った学友として、朱鶴齢（字、長孺。一六〇六

〜八三）の名が挙げられる。陳啓源は朱鶴齢との学問的交流について、次のように述べている。

惟うに朱子長孺、慨然として経を窮むるを以て自ら任じ、而して余と遊処すること最も密、持論又多く余と同じ。故に著す所の、『周易広義』『尚書埤伝』『毛詩通義』『読左日抄』等の書、並びに以て余に示し、共に論定を為す。(4)（「陳啓源後序」）

朱鶴齢は多岐にわたる自身の著述活動にあって、陳啓源にその原稿を提示して意見を求めたという。このように陳啓源と朱鶴齢は学術的に深く関与し合っており、陳啓源が『毛詩稽古編』を著した際には、「康熙十八年季秋朔日同学弟朱鶴齢撰」の署名のもと、朱鶴齢が序文を寄与している。(5)その「朱鶴齢序」には、『毛詩稽古編』に関する次のような記述がみえる。

近ごろ乃ち自ら『稽古編』若干巻を成し、悉く「小序」『注疏』に本づき之を為す。(6)

ここから、『毛詩稽古編』は、康熙十八年（一六七九）の時点ですでに朱鶴齢が序文を寄せうる状態にあり、書物としての体裁を成していたこと、つまり少なくとも一度は脱稿していたことが推察できよう。更に、巻数に「若干」という表現が使われていることから、現存する三十巻本の体裁とは相違したことが看取できる。

続けて、陳啓源の門人である趙嘉稷（生没年不詳）が、『毛詩稽古編』に附した序文を提示したい。

憶うに甲子の歳、先生を城東の存耕堂に拝し、遂に先生の著す所の『毛詩稽古編』を請い、館を葉氏に仮り、朝夕披玩し、手を釈（お）くに忍びず。是の秋、稷、善書の人を訪れ、一本を鈔謄せしめ、先生即ち因りて其の誤りを校正す。(7)（「趙嘉稷序」）

趙嘉稷は甲子の歳、つまり康熙二十三年（一六八四）に、『毛詩稽古編』を陳啓源から借り受け、抄写したというのである。弟子である趙嘉稷が借抄を許され、陳啓源自ら校正をしうる状態にあったことを考慮すると、康熙二十三年の時点で『毛詩稽古編』は、改正半ばの未定稿ではなく、少なくとも脱稿され他者の一読に堪えうるような体裁であったことが推測される。

では、朱鶴齢が序を附した『毛詩稽古編』と、趙嘉稷が借抄した『毛詩稽古編』とは、果たして同一の体裁の原稿であったのだろうか。この点について考察するに、陳啓源は、『毛詩稽古編』の初稿に関して、次のように述べている。

憶うに初めて稾を脱するの時、以て朱子長孺に質す。其の指摘を頼り、以て改正を得る者数十条。[8]（「陳啓源後序」）

陳啓源は『毛詩稽古編』の初稿について、朱鶴齢に自著の不備・不足の指摘を依頼し、その結果、数十条にわたる訂正箇所を得たというのである。ところが、陳啓源が続稿を書き終えた後、新たに改稿を試みた時には、陳啓源をとりまく環境は次のように一変していたのである。

今復た再び稾を易うるに、改正する所、又前に数倍す。就正の人を求めんと欲するも、長孺を九原より起こすこと能わず。[9]（同右）

初稿を経て続稿が定まった『毛詩稽古編』であったが、陳啓源が再び改稿を試みた際、すでに朱鶴齢は没していたというのである。つまり、続稿の脱稿から完成稿の擱筆への過渡期には、朱鶴齢が在世しておらず、朱鶴齢の批正を得た『毛詩稽古編』は、わずかに初稿ばかりだったことが明らかになる。先掲のとおり、「朱鶴齢序」は康熙十八年のものである点を考慮すると、ここから、『毛詩稽古編』初稿は康熙十八年ごろに脱稿されていたことがわかる。

加えて、ここで朱鶴齢の没年を確認してみると、『清史列伝』の記述に「康熙二十二年に卒す」とみえる。[10] よって、この康熙二十二年に朱鶴齢が没した後に、『毛詩稽古編』続稿が定まったことが推察できる。

また、朱鶴齢の逝去は、趙嘉稷による『毛詩稽古編』借抄に先んじた出来事であるが、先に述べたように、陳啓源が改訂中の未定稿を門人に借抄させ、それに校正を加えるとは考えにくいことも併せて考えるに、康熙二十三年におけるこの借抄までには『毛詩稽古編』続稿が脱稿されていたことが推察できる。

如上の考察から、『毛詩稽古編』の初稿は康熙十八年ごろ、続稿は朱鶴齢没後の康熙二十二年から康熙二十三年の間に脱稿されており、やがて康熙二十六年に三稿として完成稿が擱筆されたことが明らかとなった。

二　『毛詩稽古編』の流布と字体に関する問題

『毛詩稽古編』完成稿が擱筆された後、嘉慶十八年に上梓されるまで、『毛詩稽古編』は専ら伝写によって流布していく。『毛詩稽古編』の流布は、康熙二十三年（甲子、一六八四）に趙嘉稷が、「稷、善書の人を訪れ、一本を鈔謄せしめ」（「趙嘉稷序」）たことに始まるのであるが、それから降って、清朝乾嘉期の学者である張士元（一七五五〜一八二四）は、『毛詩稽古編』流布の状況について、朱鶴齢『詩経通義』と比較して、次のように述べている。

> 余、昔『毛詩』を治め、朱長孺『通義』を観るに、采る所の衆説、独り陳長発の解のみを愛す。事事明確、其の全書を購わんと欲するも、得べからざるなり。蓋し両先生の経を説くは、実に相質正す。『通義』の書、早に已に世に刊布せらる。而れども長発著す所の『稽古編』、只鈔本のみ有り。故家に庋せられ、貧士の能く得る所に非ざるなり。今其の書、邑中已に刊本有り。辛巳（筆者注：道光元年、一八二一）の冬日、始めて詳かに之を読む。[11]（『嘉樹山房続集』巻上所収「書毛詩稽古編後」）

張士元の在世時においても、朱鶴齢『詩経通義』は早くから刊本として入手できたが、『毛詩稽古編』は手抄本が旧家に所蔵されるばかりの稀覯書であったという。清朝においても手抄本を手に入れることは金銭的な負担が大きかったため、同書を容易には入手できなかったことがここからわかる。

しかしながら、自らの生活について、「衣食に奔走す」（「趙嘉稷序」）るほどの苦境にあったと吐露する趙嘉稷が、書家を雇ってまで『毛詩稽古編』を複写させたのは、その学術的価値を熟知していたのは勿論のこと、その他にも何らかの要因が考えられよう。この点について考えるに、趙嘉稷は、陳啓源の没後、『毛詩稽古編』完成稿を閲覧して、次のように述べている。

> 辛巳、家居するに以て娯しむこと無く、朝夕先生を念う。歿して又数年、其の手筆、家に蔵され、子孫、世々之を守る。因りて諸昆弟に謁して焉を請う。果たして秘本を惜しまず、出だして以て相示さば、則ち巻一より三十に至るまで、皆先生手自ずから繕写し、字体は一に許・徐に遵う。毛氏古本、雑うるに俗下の変体・点画を以てせず、音注の泒別を苟にせず、洵に一朝一夕の成す所に非ず。(12)（「趙嘉稷序」）

康熙四十年（辛巳）に趙嘉稷は陳啓源の家を訪れ、遺族が所蔵していた『毛詩稽古編』を拝読する機会を得たが、その文字をみると、許慎・徐鉉らに従うものであった。つまり『毛詩稽古編』完成稿は、『説文解字』にみえる篆文を用いて、一巻から三十巻まで手写されていたというのである。趙嘉稷は陳啓源の筆跡をみて、その仕事に厖大な時間を要したであろうことに敬服した上で、副本の作成に当たって、また次のように述べている。

> 稷、悉く其の故に遵わんと欲するも、則ち又今より之を読む者を念うに、必ず将に驚詫すること甚だしく、巻を終えずして輟む者有らんとす。其の字体の溷れず、古体の遵わざる可きと、夫の義を傷むること無く、経に便すること有る者とを計り、概ね時下の習書を以て之を録す。敢て擅に原本を易え、以て自便するに非ざるなり。猶お先生脱稿の時も亦皆俗書に従うと記すがごとく、即ち甲子鈔する所の底本も亦純ら古字を用いず。(13)（同右）

趙嘉稷は、篆文を用いて副本を作成すると、その読みづらさから『毛詩稽古編』が熟読されなくなることを恐れ、当時における通行の字体であった楷書を用いて筆写したのだというのである。加えて、趙嘉稷は、文字に関しては俗書に従うとの陳啓源の言葉を紹介し、康熙二十三年に手写させた『毛詩稽古編』が古字と俗字の入り交じったものであったことを告白している。参考として、『毛詩稽古編』叙例にみえる、次の記述を提示したい。

斯の編を繕写するに、本より悉く釐定を加え、一に古体に遵わんと欲す。又太だ俗目を驚かし、覧る者をして茫然とせしめ、必ず書を廃するに至りて歎かんことを恐る。今点画の間、雅俗を斟酌し、略ぼ其の一二を正すに止め、務めて時目をして一覧し識るに便あらしむ。(14)（巻一「叙例」）

陳啓源は古体、すなわち篆文を用いた『毛詩稽古編』の筆写を志したのであるが、読者の利便性を考えて頓挫したというのである。趙嘉稷はまさに同様の意図から、陳啓源の先例に倣って『毛詩稽古編』完成稿の文字を篆文から楷書に改めて書写させたのである。(15)

如上の考察によって、『毛詩稽古編』完成稿は篆文で筆記されていたこと、それを趙嘉稷が借抄したものは楷書に改めて筆記されていたこと、『毛詩稽古編』康熙二十三年の続稿は篆文と楷書が混在していたことが明らかになった。また、趙嘉稷が書写させた続稿の副本は「一本を鈔謄せしめ、先生即ち因りて其の誤りを校正す」（「趙嘉稷序」）、つまり陳啓源が自ら校正を施していたことから推し量るに、続稿の原本同様に篆文および楷書で筆記されていたと考えられる。

ここまで、『毛詩稽古編』の流布の始まりと、筆写に用いられている字体の推移について述べた。陳啓源が続稿の一部、および完成稿に用いていた篆文は、書写は勿論のこと、判読さえ難しいこともあり、その上『毛詩稽古編』は三十巻を数える大冊であるから、手写による副本作成はより一層の困難を伴うこと、想像に難くない。ゆえに趙嘉稷は、篆文が入り交じる続稿をどうにか抄写すべく、賃金を工面して書家を雇ったものと推測される。

三　嘉慶刊本以前における『毛詩稽古編』の流布

『毛詩稽古編』の流布に際して、使用された字体の制約によって、原本に則した抄写が困難であったことは先述したとおりである。概して、書籍の手抄本を作成するという行為は、蔵書家がその所有欲を満たすため、もしくは、その書籍自体に何らかの価値が見出されるためになされるとみなすのが妥当であろう。『毛詩稽古編』についていえば、康熙二十三年(甲子、一六八四)ごろから嘉慶十八年(一八一三)まで、約百三十年もの間、ただ手抄のみによって流布していた訳であるが、時間や労働力、および代筆の経費等の様々な代価を支払ってでも副本を入手しようとする蔵書家や学者達が、『毛詩稽古編』流布の一翼を担っていたと考えられる。

そこで本節では、刊本上梓以前における、『毛詩稽古編』流布の過程について、できうる限りの資料を抽出し分析することによって、『毛詩稽古編』が如何なる人物の手を経て流布し、如何なる評価を得ていたのか、考察を試みたい。

前節までに整理し確認したとおり、趙嘉稷は、康熙二十三年当時に脱稿された『毛詩稽古編』続稿を、そして陳啓源没後に『毛詩稽古編』完成稿を書写していた。これら趙嘉稷が借抄した二本に、陳啓源の書室である存耕堂に所蔵されていた原本の二本を加えた計四本が存在していたのであるが、この点に関して、趙嘉稷は次のように述べている。

稷、既に業を卒え、為に其の前後を記すに、借鈔する所の帙、凡そ二有り、其の一は禾中に留む。司農歿する後、子彦栻、登第す。書未だ散ぜず。或ひと云う、崑山之を得と。其の一は即ち此れ、其の原本は二、先

> 生手ら筆するなり。存耕堂に蔵さる。合して四本。[16]（「趙嘉稷序」）

陳啓源擱筆の後、『毛詩稽古編』は合わせて四本が存在していたこと、趙嘉稷が康熙二十三年に書き写した甲子鈔本が、明末清初期の弐臣として知られる曹溶（一六一三～八五）の手に渡ったこと、その子息である曹彦栻（生没年不詳）が科挙に合格した康熙三十三年（一六九四）の時点でまだ同書は散佚しておらず、崑山なる人物に伝えられたともいわれていたことがわかる。[17]

では、曹溶は如何なる経緯によって『毛詩稽古編』を入手したのであろうか。趙嘉稷は、康熙二十三年に借抄した『毛詩稽古編』が曹溶の手に渡ったそのいきさつを、次のように述べている。

> 適々禾中の曹司農溶、好古博聞、遺書を捜訪す。尤も意を『六経』の講義に致し、既に宋元数十種を得。以て正さんことを請い、復た此の書を携え、以て禾に至り、相采山堂上に晤い、繙閲すること数巻、即ち已だ心を酔わしめ、歎じて未だ有らざると為す。徒だ卓識宏情、超えて宋元以上に出ずるのみならず、且つ漢儒の師授をして洗剔一新せしめ、其れ「四始」「六義」に功する者浅からざる有り。遂に此の書を留め、諸々の経義と之を塾に蔵す。[18]（同右）

趙嘉稷は『毛詩稽古編』の校正に際し、蔵書家である曹溶が所蔵する貴重な宋版・元版を参照すべく訪問したのであるが、曹溶は『毛詩稽古編』を一読し、その学術的価値を認めた上で、趙嘉稷から『毛詩稽古編』を譲り受け、私塾に収蔵したのである。

ところで、曹溶と『毛詩稽古編』の関わりについて、『毛詩稽古編』嘉慶十八年刊本の上梓に際し、中心となって活動した龐佑清（生没年不詳）は、次のように述べている。

> 其の後門人趙書翁、借抄し畢わり、浙水曹司農が為に賞せられて書稍々顕る。時に又、元和恵徴君、屢々之を褒め、大江の南北をして、略ぼ其の名を識らしめ、而して書、漸く顕る。王司冠蘭泉先生、御覧に進呈し、

四庫に採入せらるるに迨びて其の書、遂に名、天下に顕る。天下、始めて吾が邑に、通儒の著作、千古に伝うるに堪うる有るを知る。[19]（「毛詩稽古編跋」）

龐佑清に依れば、『毛詩稽古編』は、曹溶に称賛されたことがその名を知られる契機となった。やがて呉派の領袖としてその名を知られる恵棟（字、定宇。号、松崖。一六九七〜一七五八）が『毛詩稽古編』を絶賛し、知識人達の間でその存在を認知され、王昶によって乾隆四十六年（一七八一）、『四庫全書』に収録され、天下にその名を広めたというのである。そこで、恵棟および王昶と『毛詩稽古編』の関係について、以下に検討してみたい。

王昶は、『四庫全書』収録の経緯等から、『毛詩稽古編』の流布に最も大きな影響を与えた人物といえる。その王昶は、自身が登第する以前の乾隆戊辰（十三年、一七四八）に、恵棟のもとで『毛詩稽古編』を初めて目にしたことを、次のように述べている。

乾隆戊辰、始めて是の書を定宇徴君の所に見る。蓋し長発先生の手書、字画は大小篆より雑出し、古質端雅、愛す可し。趙氏嘉稷の跋を閲するに、是の書、世に在るは、止だ四本有るのみ。其の三は往く所を知らず。定宇の蔵本、後に呉舎人企晋に帰す。時に趙君損之、其の家に館し、一帙を手写し以て去り、頗る藝苑の秘宝と為す。趙君歿し、書・遺軼存せず。而して企晋蔵する所、恙無きや否やを知らず、之を思えば輒ち惘惘為り。今余、蜀より帰し、通経道古の士を見るに、是の書を重んぜざる靡く、伝写も亦寖々広まる。[20]（『春融堂集』巻四十三所収「跋稽古編」）

恵棟が『毛詩稽古編』を入手した経路は不明であるが、彼が所蔵する『毛詩稽古編』は、大小の篆文を交えて抄録されており、その体裁から王昶は、恵棟所蔵本が恐らくは陳啓源の手稿であることと、趙嘉稷跋（「趙嘉稷序」）にみえる四本のうちのひとつであることを推察している。恵棟所蔵本はやがて呉泰来（字、企晋。?〜一七八八）の手に渡り、趙文哲（字、損之。一七二五〜七三）がそれを複写し愛読していたが、いずれもその存在を確認できないという。また、王昶が乾隆四十一年（一七七六）に、南征の軍旅から京師へ凱旋したころ、『毛詩稽古編』はすでに学者達に重用され、伝写も徐々に行われていたというのであるが、王昶自身は同書について次のような評価を与えている。

余嘗に謂えらく、鄭・荀・虞の易学を紹ぐは、定宇の『易漢学』『周易述』、最と称す、毛・鄭の詩学を紹ぐは、是の書、最と称す。(21)（同右）

王昶は、『毛伝』および『鄭箋』といった歴代の古注を継承するという点において、『毛詩稽古編』が最善のものだと評価しているのである。そこで王昶は翁方綱（号、覃渓。一七三三〜一八一八）が所蔵する『毛詩稽古編』を貸借し書写したのであるが、その本には、次のような特色があったという。

此れ覃渓太史鈔本、全て楷法を用うと雖も、尚お未だ原書の本意を失わず、借りて之を録し、並びに是の書の縁起を左に志す。(22)（同右）

王昶によれば、翁方綱所蔵本は、すべて楷書にて筆録されていたというのである。翁方綱が『毛詩稽古編』を入手した経路についての詳細は不明であるが、楷書が用いられていたことと、翁方綱所蔵本の複写である王昶進呈本、すなわち『四庫全書』所収本に「朱鶴齢序」および「趙嘉稷序」が録入されていることに鑑みるに、翁方綱所蔵本は、趙嘉稷が複写した『毛詩稽古編』完成稿の借抄本の流れを汲むものだと推測される。よって、趙嘉稷借抄本は、翁方綱所蔵本、王昶借抄本、『四庫全書』所収本の順に流布したことがわかる。

『毛詩稽古編』は、かくして『四庫全書』に収録された後、その借抄本が流布するようになる。参考として、清朝乾嘉期における詩経学の大家、胡承珙（一七七六〜一八三二）による、次の一文を提示したい。

陳啓源『毛詩稽古編』三十巻、向に未だ刻本を見ざるも、頃ろ京師に在りて、朱蘭坡、四庫書副本を借り鈔蔵し、因りて借読一過するを得。其の精、到る処、『箋』『疏』の及ばざる所を補うに足る。(23)（『求是堂文集』巻五所収「毛詩稽古編後跋」）

胡承珙が初めて目にした『毛詩稽古編』は、朱珔（字、蘭坡。一七六九～一八五〇）が『四庫全書』の副本から借抄したものであったという。胡承珙はここで『毛詩稽古編』読後の印象として、『鄭箋』および『孔疏』の不備を補足しうる水準にあると述べており、彼が『毛詩稽古編』の学術的価値を高く評価していることがわかる。

ところで、先掲の龐佑清および王昶の言から、恵棟が『毛詩稽古編』を認知し所有していたことがうかがわれたが、ここで阮元による、次のような見解を提示したい。

> 近世の学者、此の書を知らず。惟だ恵定宇徴君、亟々（しばしば）之を称し、是に於いて海内好学の士、始めて知りて転抄し蔵弆す。(24)（『毛詩稽古編序』）

阮元も先掲の龐佑清と同様に、『毛詩稽古編』が流布したのは、恵棟がそれを絶賛したことが契機となったと述べているのである。恵棟がその著作等で『毛詩稽古編』について直接批評を加えている文章は、管見の限り見当たらないが、鈕樹玉（一七六〇～一八二七）が、恵棟に師事していた江声（字、艮庭。一七二一～九九）より伝え聞いた話として、『毛詩稽古編』に対する恵棟の言葉を次のように紹介している。

> 曩（さき）に艮庭江徴君に謁す。陳氏『毛詩稽古編』に論及し、徴君云わく、「先師恵松厓（筆者注：恵棟）先生、此の書、好処已に七分に到ると言う。其の時未だ刊本有らず、故に一読を獲ず」と。嘉慶庚辰（筆者注：二十五年、一八二〇）、海防陳君の署中に館するに、適々（たまたま）是の書有り、読むこと一過するを得。其の攷訂精密、持論詳慎、信に唐を攀（ひ）き漢を窺うに足る。(25)（『匪石先生文集』下巻所収「毛詩稽古編札記跋」）

江声によれば、恵棟は『毛詩稽古編』を、『詩経』の研究書としてすでに七割の完成度に到達していると評価していた。ここまで確認してきたことから、『毛詩稽古編』が、恵棟を領袖とする呉派に属する学者達に受容され評価を受けていたことがわかるが、かように呉派の学者が陳啓源を評価した要因については、阮元による次の文章を参考としたい。

時を同じくして元和の恵君研谿、『詩説』を著し古義を発明するは、陳氏と謀らずして自ら合す。蓋し我が朝の古を稽(かんが)え文を右(たっと)び、儒者の実学を崇尚するは、二君実に之を啟く。(26)（「毛詩稽古編序」）

ここで阮元は『毛詩稽古編』にみえる陳啓源の学問に対する姿勢が、恵棟の祖父である恵周惕（号、研谿。生没年不詳）の著作『詩説』のそれと共通することを指摘し、両者を実証的学問の先駆者として位置づけている。ここから、陳啓源と呉派の学問姿勢に共通点がみられたことを一因として『毛詩稽古編』が後世評価されるようになったことがわかる。

小　結

本章では、『毛詩稽古編』の成立過程とその流布について検討を加えたが、そこから『毛詩稽古編』成立以後にみられた諸本について、その系統立てを試みたい。

まず、陳啓源が三度の脱稿を経て『毛詩稽古編』を完成させたことについて、『毛詩稽古編』の初稿は康熙十八年ごろ、続稿は康熙二十二年から康熙二十三年の間ごろに脱稿しており、やがて三稿である完成稿が康熙丁卯、すなわち二十六年に擱筆されたことが明らかとなった。

『毛詩稽古編』に用いられた字体については、たとえば現存する『四庫全書』および『皇清経解』所収の『毛詩稽古編』は楷書で、嘉慶刊本は篆文でそれぞれ記録されており、はっきりとした相違がある。この違いは、本章第二節にて確認したように、『毛詩稽古編』が元来、書写および判読が困難な篆文の雑交する書物であり、手抄の際に字体の変換が行われた、という、特異な出自を持つために生じたことがわかった。

『毛詩稽古編』の流布に関しては、本章において幾つかの経路が確認できた。不備は多々あると思われるが、『毛詩稽古編』の完成過程も含めて、試みとして次に掲示する。

康熙十三年（甲寅、一六七四）
　執筆開始。
↓
康熙十八年ごろ（己未、一六七九）
「初稿」若干巻脱稿。
↓
康熙二十二〜二十三年ごろ（癸亥、一六八三〜甲子、一六八四）
「続稿」→趙嘉稷借抄→曹溶所蔵→曹彦栻→崑山（詳細不明）
↓
康熙二十六年（丁卯、一六八七）
「完成稿」擱筆→趙嘉稷借抄→……→翁方綱所蔵本
↓
王昶借抄本
↓
『四庫全書』所収本
↓
『四庫全書』副本
↓
朱珔所蔵本

また、王昶の言から、清代漢学を代表する学者である恵棟が、篆文により書写された『毛詩稽古編』を所有していたことが明らかとなった。いわゆる呉派の学者達に『毛詩稽古編』が重用されていたことは、同書の評価に関与する問題であるが、両者の学問姿勢に類似性がみられたことが、乾嘉期以降、同書が称賛を浴びたことのひとつの要因として考えられた。

以上の考察により、『毛詩稽古編』の成立および流布の過程は、少なからず概括することができた。しかしながら『毛詩稽古編』は、先述のとおり、約百三十年もの間、手抄によって流布したために、不明な点もまた少なからず存するので、今後も新たな資料を考察し続ける必要があることをここに確認しておきたい。

（1）原文は次のとおりである。
起甲寅、訖丁卯、閲十有四載、三易稾、始成此編。（「陳啓源後序」）

（2）近年編まれた研究書では、たとえば、戴維『詩経研究史』四九六頁（湖南教育出版社、二〇〇一年九月）、洪湛侯『詩経学史』五〇二頁（中華書局、二〇〇二年五月）等において、『毛詩稽古編』の完成に関する記述がみえるが、ともに「陳啓源後序」の記述を採り上げるばかりで、特段の検討は加えられていない。

（3）『毛詩稽古編』に関する先行研究に関しては、本書序章を参照されたい。

（4）原文は次のとおりである。
惟朱子長孺、慨然以窮經自任、而與余遊處最密、持論又多與余同。故所著『周易廣義』『尙書埤傳』『毛詩通義』『讀左日抄』等書、竝以示余、共爲論定。（「陳啓源後序」）

（5）本文中に引用した朱鶴齢の署名は、嘉慶刊本所収「朱鶴齢序」を典拠とする。

（6）原文は次のとおりである。
近乃自成『稽古編』若干卷、悉本「小序」『注疏』爲之。（「朱鶴齢序」）

（7）原文は次のとおりである。

憶甲子歳、拜先生於城東之存耕堂、遂請先生所著之『毛詩稽古編』、假館於葉氏、朝夕披玩、不忍釋手。是秋、稷、訪善書人鈔謄一本、先生卽因而校正其誤。（「趙嘉稷序」）

（8）原文は次のとおりである。
憶初脱稾時、以質於朱子長孺。賴其指摘、得以改正者數十條。（「陳啓源後序」）

（9）原文は次のとおりである。
今復再易稾、所改正又數倍於前矣。欲求就正之人、不能起長孺於九原也。（「陳啓源後序」）

（10）朱鶴齢の没年に関しては、『清史列伝』巻六十八「儒林伝下一」に、「康熙二十二年、卒、年七十八」との記述がみえる。また、朱鶴齢の生没年に関しては、『愚庵小集』（上海古籍出版社、一九七九年十一月）の出版説明において、詳細な検討がなされているので参照されたい。

（11）原文は次のとおりである。
余昔治『毛詩』、觀朱長孺『通義』、所采衆説、獨愛陳長發之解。事事明確、欲購其全書、不可得也。蓋兩先生説經、實相質正。『通義』之書、早已刊布於世。而長發所著『稽古編』、只有鈔本。庋於故家、非貧士所能得也。今其書、邑中已有刊本。辛巳冬日、始詳讀之。（『嘉樹山房續集』巻上所収「書毛詩稽古編後」）

（12）原文は次のとおりである。
辛巳、家居無以娯、朝夕念先生。歿又數年、其手筆藏於家、子孫世守之。因謁諸昆弟而請焉。果不惜祕本、出以相示、則巻一至三十、皆先生手自繕寫、字體一遵許・徐。毛氏古本、不雜以俗下變體點畫、不苟音注泒別、洵非一朝一夕所成。（「趙嘉稷序」）

（13）原文は次のとおりである。
稷欲悉遵其故、則又念自今讀之者、必將驚詫甚、有不終卷而輟者。計其字體之不溷、古體之可不遵、與夫無傷於義、有便於經者、概以時下習書錄之。非敢擅易原本以自便也。猶記先生脱稿時亦皆從俗書、卽甲子所鈔之底本亦不純用古字。（「趙嘉稷序」）

（14）原文は次のとおりである。
繕寫斯編、本欲悉加釐定、一遵古體。又恐太驚俗目、俾覽者茫然、必至廢書而歎。今止於點畫間、斟酌雅俗、略正其一二、務令時日一覽便識。（巻一「敘例」）

(15)　趙嘉稷に依れば、『毛詩稽古編』の完成稿は主に篆文を用いて筆記されていたという。ゆえに敘例の、『毛詩稽古編』に用いられた文字に関する記述は、康熙甲子の続稿の内容に適合するものであることが推測できる。ここから『毛詩稽古編』敘例は、続稿が脱稿した康熙甲子の時点において、すでに存在していたとも考えられる。敘例の当該箇所が、篆文で書かれたという完成稿の内容に一致しないものであることは明白であり、何故に現行の『毛詩稽古編』において、文字に関する記述を改めずに敘例が附されているのかは不明である。この点については今後の研究課題としたい。なお、敘例の表記に関して、『四庫全書』所収本『毛詩稽古編』では「序例」に作るが、その目次では「敘例」と作る。本書では「敘例」に統一して用いることとする。

(16)　原文は次のとおりである。

稷既卒業、爲記其前後、所借鈔之帙、凡有二、其一留禾中。司農歿後、子彥栻登第。書未散。或云崑山得之。已一即此、其原本二、先生手筆也。藏存耕堂。合四本。(「趙嘉稷序」)

当該の引用文に関して、『四庫全書』および嘉慶刊本に所収されている「趙嘉稷序」の間には、文字の異同がみられる。本書ではその内容の整合性に鑑みて、嘉慶刊本所収「趙嘉稷序」に従う。なお、『四庫全書』所収「趙嘉稷序」は次のとおりである。

稷既卒業、爲記其前後、所借鈔之帙、凡有三。其原本二、先生手筆也。藏存耕堂。其一留禾中、司農歿後子彥栻登第後、書未散、或云崑山得之。其一即此、合四本。

両者を比較検討した結果、文中傍点を附した「其」字に関しては『四庫全書』所収本の記載を採用して改めた。

(17)　ここにいう崑山が誰を指すかについては、曹溶と知識人達の学術的交遊から検討を試みているが、現時点では未詳である。当時において曹溶と交遊が密であった顧炎武を示していることも疑われる。なお、曹溶に関する先行研究としては、謝正光「清初弐臣曹溶及其『遺民門客』」(『清初詩文与士人交遊考』所収、南京大学出版社、二〇〇一年九月、二二一～三〇〇頁)を参照されたい。

(18)　原文は次のとおりである。

適禾中曹司農溶、好古博聞、搜訪遺書。尤致意於『六經』講義、既得宋元數十種。以請正、復携此書、以至禾、相晤於采山堂上、繙閱數卷、卽已醉心歎爲未有。不徒卓職宏情超出乎宋元以上、且使漢儒師授洗剔一新、其有功於「四始」「六義」者不淺。遂留此書、與諸經義藏之於塾。(「趙嘉稷序」)

(19) 原文は次のとおりである。
其後門人趙書翁、借抄畢、爲浙水曹司農見賞而書稍顯。時又元和惠徵君、屢褒之、俾大江南北略識其名而書漸顯。迨王司寇蘭泉先生、進呈御覽、採入四庫而其書遂名顯於天下。天下始知吾邑有通儒著作堪傳千古焉。（嘉慶刊本所収「毛詩稽古編跋」）

(20) 原文は次のとおりである。
乾隆戊辰、始見是書于定宇徵君所。蓋長發先生手書、字畫雜出於大小篆、古質端雅可愛。閱趙氏嘉稷跋、是書在世、止有四本。其三不知所往矣。定宇藏本、後歸呉舍人企晉。時趙君損之、館其家、手寫一帙以去、頗爲藝苑祕寶。趙君歿、書遺軼不存。而企晉所藏、不知無恙否、思之輒爲惘惘。今余自蜀歸、見通經道古之士、靡不重是書、傳寫亦寖廣。（『春融堂集』巻四十三所収「跋稽古編」）

(21) 原文は次のとおりである。
余嘗謂、紹鄭・荀・虞易學、定宇『易漢學』『周易述』稱最、紹毛・鄭詩學、是書稱最。（『春融堂集』巻四十三所収「跋稽古編」）

(22) 原文は次のとおりである。
此覃溪太史鈔本、雖全用楷法、尙未失原書本意、借而錄之、竝志是書緣起於左。（『春融堂集』巻四十三所収「跋稽古編」）

(23) 原文は次のとおりである。
陳啟源『毛詩稽古編』三十卷、向未見刻本、頃在京師、朱蘭坡借四庫書副本鈔藏、因得借讀一過。其精到處、足補『箋』『疏』之所不及。（『求是堂文集』巻五所収「毛詩稽古編後跋」）

(24) 原文は次のとおりである。
近世學者、不知此書、惟惠定宇徵君、亟稱之、於是海內好學之士、始知轉抄藏弆。（阮元「毛詩稽古編序」）

(25) 原文は次のとおりである。
曩謁艮庭江徵君。論及陳氏『毛詩稽古編』、徵君云、先師惠松厓先生言、此書好處已到七分。其時未有刊本、故不獲一讀。嘉慶庚辰、館於海防陳君署中、適有是書、得讀一過。其攷訂精密、持論詳愼、信足攀唐窺漢。（『匪石先生文集』下巻所収「毛詩稽古編札記跋」）

なお、鈕樹玉は『毛詩稽古編』の読後に気づいた問題点をまとめ、『毛詩稽古編札記』なる書物を著したというが、現在、該書の存在に関しては管見の限り確認できていない。本節にて引用した「毛詩稽古編札記跋」は、『毛詩稽古編札記』に附された跋文である。

(26)　原文は次のとおりである。
同時元和惠君研谿、著『詩説』、發明古義、與陳氏不謀自合。蓋我朝稽古右文、儒者崇尚實學、二君實啟之。(「毛詩稽古編序」)

第二章　『毛詩稽古編』嘉慶刊本の上梓とその影響

——費雲倬『毛詩稽古編附攷』の意味するもの——

はじめに

『毛詩稽古編』がその擱筆後、手抄によって流布していったことは前章にて確認したとおりである。やがて『毛詩稽古編』は、『四庫全書』への収録を経て、嘉慶十八年（一八一三）には、ついに上梓されることとなる。この嘉慶十八年刊本の特色については、次のとおり略述しておきたい。

①『毛詩稽古編』の初めての刊本であり、同書を広汎に流布させた。
②文字は篆文に依拠して書写されている。
③嘉慶二十年（一八一五）に重刊され、その際、校勘から得られた諸本の異同等を記録した『毛詩稽古編附攷』（以下『附攷』と略称する）なる研究書が附された。
④光緒九年（一八八三）に上海同文書局から縮印版として再び重刊された。

嘉慶十八年刊本に、嘉慶二十年重刊本および光緒九年縮印本も含めたこれら嘉慶刊本（以下、文中では総じて嘉慶刊本と呼称する）は、『毛詩稽古編』の流布を検証する上で非常に貴重な資料といえる。本章では、上記の特色を念頭に置いた上で、嘉慶刊本および『附攷』を材料として、『毛詩稽古編』についてより一層の文献整理を進めつつ、そこから派生する問題についても検討していきたい。(1)

一　嘉慶刊本の縁起

本節では、まず嘉慶刊本の刊行とその過程について整理しておきたい。

嘉慶十八年刊本の発刊に際して、主導的な役割を果たしたのは、龐佑清と費雲倬（ともに生没年不詳）の両名である。龐佑清は、嘉慶十八年刊本の巻末に自ら「毛詩稽古編跋」なる一文を著しているが、そこには「嘉慶十八年歳次癸酉季夏月」との日付とともに、同書の刊刻に至るまでの縁起が記されている。

龐佑清は、祖父から学問の手ほどきを受けていた際に、龐氏宅に旧蔵されていた『毛詩稽古編』を示されて、次のように説明を受けたという。

此れ爾の曾祖母の嫡伯祖の手筆なり。抵藁祇(た)だ二有り、此れ後定に係わる本。(2)（「毛詩稽古編跋」）

ここから、龐佑清の曾祖母の祖父の兄こそが陳啓源であることと、陳啓源が最終的に完成させた『毛詩稽古編』が龐氏宅に伝わったことがわかる。

龐佑清はやがて『毛詩稽古編』刊刻を志し、『毛詩稽古編』の諸本を蒐集する。

壬申の春、因りて善書の人を求め、様に依りて繕写せしめ、併びに訪れて甲子鈔する所の本・趙書翁借鈔本及び費君家蔵張太史親鈔本を得。(3)（同右）

これに依れば龐佑清は、嘉慶十七年（壬申、一八一二）春、書家を雇い原稿本を複写する一方で、甲子鈔本・趙嘉稷借抄本・張尚瑗親鈔本の三本を入手したという。甲子鈔本は、趙嘉稷（生没年不詳）が康熙二十三年（甲子、一六八四）に借抄した本を、趙嘉稷借抄本は、『毛詩稽古編』の完成稿の借抄本をそれぞれ指すと考えられる。また、張尚瑗（一六五六～一七三二）は陳啓源の友人たる朱鶴齢の弟子であるが、その張尚瑗が手抄した『毛詩稽古編』が、費氏宅に家蔵されていたというのである。

その費雲倬であるが、彼は張尚瑗親鈔本の縁起や、龐佑清の要請に応じて『毛詩稽古編』の刊行に尽力したことについて、自ら著した『附攷』の序で次のように述べている。

余旧より『毛詩稽古編』三十巻、我が郷の張太史、手抄に係わる本を蔵す。屢々梨に付せんと擬するも、未だ原本を得ざるに因るが故に中止する者二十余年。壬申の夏、黼廷龐氏、作者元稿を携え、余と其の剞劂の事を商り、併びに張本を将て相讐校を為さんと欲す。余其の同志を得るを喜ぶ。(4)（「毛詩稽古編附攷序」）

費氏宅には、同郷の先賢たる張尚瑗の親鈔本『毛詩稽古編』が伝えられており、費雲倬も同書の刊刻を切望していたが、陳啓源の原稿本が入手できないため着手できずにいた。その原稿本を、龐佑清が費雲倬に提示して『毛詩稽古編』の刊刻について談義し、また張尚瑗親鈔本を用いた校勘を企図したのが嘉慶十七年の夏のことで、費雲倬を大いに喜ばせたというのである。

こうして開始された校勘作業だが、龐佑清の「閲すること週歳にして雕成る」(5)（「毛詩稽古編跋」）との言葉のとおり、嘉慶十八年季夏には彼が跋文を書き上げ、同年「孟秋」の刻字とともに『毛詩稽古編』は上梓された。以後、嘉慶二十年に重刊され、光緒九年に縮印重刊されたことは先に述べたとおりである。

かくして発刊された『毛詩稽古編』であったが、ここでひとつ留意しておきたい問題がある。それは嘉慶二十年重刊本に附された『附攷』の存在そのものについて、である。

この『附攷』は、『毛詩稽古編』校勘の際に確認された諸本の異同や文字の相違等をまとめたものであるが、何故にかような体裁の資料を附与せねばならなかったのだろうか。

二　嘉慶二十年重刊本と『附攷』の附与

では、『附攷』は何故に編まれたのか、ここで検証してみたい。費雲倬は、嘉慶二十年重刊本に『附攷』を附与した縁起等について、次のように述べている。

龐氏蔵する所の本は、実に作者後定の本、作者親ら之を書き、親ら之を校す。龐氏、先賢の手沢猶お存するに因りて、縦え譌脱有るも、悉く其の旧の如くす。(6)（「毛詩稽古編附攷序」）

費雲倬はここで、龐佑清所蔵の『毛詩稽古編』が、陳啓源の原稿本であることを認めつつも、龐佑清が嘉慶十八年刊本の発刊に際して、諸本を校勘した結果を反映させず、原稿本をそのまま上梓したことを明かしているのである。そこで、龐佑清「毛詩稽古編跋」を確認してみると、次のような記述がみえる。

細かに校対を為すに、其の中の字句、彼の三本と間々異同有り、然れども既に後定に係わる本なれば、当に悉く此の稿に照らし、一字を易えざるべし。(7)（「毛詩稽古編跋」）

ここから、校勘の結果、龐佑清が甲子鈔本・趙嘉稷借抄本・張尚瑗親鈔本の三本と原稿本との間における異同を確認していながら、自身が持参した原稿本が陳啓源による後定本であることを尊重し、一字の変更も行うべきでないと主張していたことが明らかとなる。

龐佑清のこうした主張に対し、費雲倬は諸本を校勘したその成果に鑑みて、次のような見解を表明している。

然れども余、諸本を以て、細かに互校を為すに、其の中の字句、間々初稿に従うに仍りて是と為す者若干条有り。廼ち籤を後に另け、以て博識なる者、之を酌訂するに備う。[8]（「毛詩稽古編附攷序」）

要するに、校勘の結果、龐佑清持参の原稿本（後定本）よりも、初稿を採用すべき点が幾つか確認できたため、『附攷』を著して知識人達の判断を仰ごう、という訳である。

これに対して龐佑清は、費雲倬『附攷』に自ら跋文を附し、次のように釈明している。

癸酉の秋季、鐫事既に竣わる。費君、秋闈に赴き、回りて諸本の異同若干条を重校し、録して以て余に示す。余の元本に於けるや、未だ敢えて擅に一字を易えずと雖も、然れども細かに其の或いは増し或いは損するを案ずるに、実に後定本の罅隙を補う者有り、仍りて周子に請い、録して一巻と成す。[9]（「毛詩稽古編附攷跋」）

嘉慶十八年の秋、『毛詩稽古編』が上梓された後、費雲倬は科挙の受験を終えて戻ったのだが、その際に、諸本の異同を再び校勘して龐佑清に提示した、というのである。費雲倬によって再び行われたこの校勘を整理したものが『附攷』であることをまず確認しておきたい。龐佑清は原稿本（後定本）に関して恣意的な変更は行っていないと釈明した後、費雲倬の校勘の価値を認めた上で、校勘者の一人である周兆鵬（生没年不詳）に依頼して、その校勘を『附攷』一巻としてまとめたのだと述べる。

この後、「嘉慶乙亥正月」との記載があることから、「毛詩稽古編附攷跋」が嘉慶二十年（乙亥、一八一五）に書かれたことがわかる。また、先掲の費雲倬「毛詩稽古編附攷序」には「嘉慶甲戌年孟春月」、つまり嘉慶十九年（甲戌、一八一四）との記載がみえることも併せて考えるに、費雲倬が、科挙受験後の僅かな時間に、『毛詩稽古編』校勘にまつわる疑問点を整理したことも看取できる。

かようなやりとりを経て、「嘉慶二十年歳次乙亥重校正」と印字された嘉慶二十年重刊本が上梓され、そして費雲倬『附攷』が、この重刊本に附与されることとなった訳である。参考までに、以上一連の経過を次に整理しておく。

嘉慶十七年(壬申、一八一二)春
　麗佑清、原稿本の副本作成、また甲子鈔本・趙嘉稷借抄本・張尚瑗親鈔本の三本を入手。
同年夏
　麗佑清、費雲倬と『毛詩稽古編』刊刻を協議。校勘作業の開始。
嘉慶十八年(癸酉、一八一三)季夏
　麗佑清、「毛詩稽古編跋」を著す。
同年孟秋
　『毛詩稽古編』上梓。
同年秋から冬
　費雲倬、科挙受験から戻り、重校を進める。
嘉慶十九年(甲戌、一八一四)孟春
　費雲倬『毛詩稽古編附攷』および「毛詩稽古編附攷序」を著す。
嘉慶二十年(乙亥、一八一五)正月
　麗佑清「毛詩稽古編附攷跋」を著す。嘉慶二十年重刊本、上梓。

三　光緒九年縮印本と麗佑清

前節において、費雲倬『附攷』が嘉慶二十年重刊本に附与されるようになった経緯が明らかとなった。麗佑清と費雲倬の間には、校勘について見解の相違が認められたといっても過言ではない。ところで嘉慶二十年重刊本の上梓後、これら嘉慶刊本は光緒九年に上海同文書局から縮印本として発刊されることとなる。そこで本節では、龎佑清とその校勘に関し、この光緒九年縮印本を手掛かりに、新たな角度から検討を加えてみたい。

さて、光緒九年縮印本について簡潔に説明しておくと、同書は嘉慶二十年重刊本を縮印したもので、費雲倬『附攷』も附せられており、また、『毛詩稽古編』本文に関する異同はみられない。

ところが、この光緒九年縮印本には、先行する二種の嘉慶刊本と相違する点が幾つか確認できるのである。以下、提示していきたい。

①　龎佑清「毛詩稽古編跋」の有無

嘉慶十八年刊本および嘉慶二十年重刊本の『毛詩稽古編』巻末に附された龎佑清「毛詩稽古編跋」が、光緒九年縮印本には附されていない。

②　龎佑清「毛詩稽古編附攷跋」の有無

嘉慶二十年重刊本『附攷』の巻末には龎佑清「毛詩稽古編附攷跋」が附されているが、光緒九年縮印本では、巻末に「終」の一文字が追刻され、龎佑清の跋文は附されていない。

③　文寧「毛詩稽古編序」の有無と、序文等の前後関係

嘉慶十八年刊本および嘉慶二十年重刊本にみられる文寧「毛詩稽古編序」が、光緒九年縮印本には附されていない。

また、同書は、巻頭から順に「四庫全書総目提要、毛詩稽古編三十巻」・朱鶴齢「毛詩稽古編序」・趙嘉稷「毛詩稽古編序」が並び、以下諸学者の序や敍例等が続くのであるが、この趙嘉稷「毛詩稽古編序」以下の次第については、嘉慶十八年刊本・嘉慶二十年重刊本・光緒九年縮印本のそれぞれに、その順序の相違が確認できる（以

下略称にて掲示)。

嘉慶十八年刊本：阮元序→文寧序→参校姓氏→敘例→目録→巻一[10]

嘉慶二十年重刊本：文寧序→阮元序→参校姓氏→目録→敘例→巻一

光緒九年縮印本：阮元序→敘例→校訂姓氏→目録→巻一

④「毛詩稽古編参校姓氏」にみえる校勘者

嘉慶十八年刊本および嘉慶二十年重刊本には「毛詩稽古編参校姓氏」と題して、同書の校勘に関与したと考えられる人名が挙げられている。光緒九年縮印本も、「毛詩稽古編校訂姓氏」と、名称こそ異なるが同様の記載が確認できる。試みに、これらにみえる姓氏をすべて提示すると、次のようになる。

嘉慶十八年刊本：王和行・沈汝霖・沈沾霖・周鶴立・徐喬林・徐世棻・呉鳴鏞・呉方東・陳学濤・沈燮・宗懋学、以上十一名

嘉慶二十年重刊本：楊復吉・閻登雲・沈汝霖・沈沾霖・程邦憲・陳光岳・沈欽霖・費雲倬・周一鶚・周鶴立・徐世棻・呉方東・沈燮・周兆鵬・陳学濤、以上十五名

光緒九年縮印本：楊復吉・閻登雲・陳光岳・沈欽霖・費雲倬・周一鶚・謝宗素、以上七名

まず留意しておきたいのは、それぞれの本で校勘者の異同が確認できる点である。嘉慶十八年刊本では十一名の校勘者のうち、七名が嘉慶二十年重刊本の校勘者として再び名を連ねている。これに新たな八名を加えた十五名が嘉慶二十年重刊本にみえる校勘者であるが、この十五名のうち六名は光緒九年縮印本の校勘者として再掲され、更に新たな一名を加えた七名が光緒九年縮印本にみえる校勘者である。かような重複の連続がありながらも、嘉慶十八年刊本と光緒九年縮印本の校勘者の間には、共通する姓氏は一名も見受けられない。これらの点から、光緒九年縮印本とその編者は、嘉慶十八年刊本の校勘者と、嘉慶二十年重刊本で新たに加えられた校勘者とに対

して、全く相反する姿勢を示していることが看取できる。

ここで先掲①~④の相違点を表1として簡潔に掲示しておく(表中、略称を使用)。

如上の整理から考えるに、光緒九年縮印本は、①および②のとおり、校勘経緯の説明や、費雲倬の重校に対する弁明ともとれる麗佑清の跋文をことごとく採用していない。②に至っては、本来は麗佑清「毛詩稽古編附攷跋」が続くところ、その跋文を取り除いてわざわざ「終」の字を刻み、刊本の末尾の位置を強調しているほどである。

表1

	嘉慶十八年刊本	嘉慶二十年重刊本	光緒九年縮印本
① 麗佑清「稽古編跋」	有り	有り	無し
② 麗佑清「附攷跋」	—	有り	無し
③ 文寧「毛詩稽古編序」の有無と、序文等の前後関係	有り 阮元序→文寧序→参校姓氏→敘例→目録→巻一	有り 文寧序→阮元序→参校姓氏→目録→敘例→巻一	無し 阮元序→敘例→校訂姓氏→目録→巻一
④「毛詩稽古編参校姓氏」にみえる校勘者	王和行・徐喬林・呉鳴鏞・宗懋学(以上、嘉慶十八年刊本のみ)沈汝霖・沈沾霖・周鶴立・徐世棻・呉方東・陳学濤・沈燮(嘉慶二十年重刊本と重複)	沈汝霖・沈沾霖・周鶴立・徐世棻・呉方東・沈燮・陳学濤(嘉慶十八年刊本と重複)程邦憲・周兆鵬(嘉慶二十年重刊本のみ)楊復吉・閻登雲・陳光岳・沈欽霖・費雲倬・周一鶚(光緒九年縮印本と重複)	楊復吉・閻登雲・陳光岳・沈欽霖・費雲倬・周一鶚(嘉慶二十年重刊本と重複)謝宗素(光緒九年縮印本のみ)

④について検討すると、嘉慶十八年刊本から嘉慶二十年重刊本に移行する過程において、その校勘者が重複するのはむしろ自然なことである。一方、嘉慶二十年重刊本と光緒九年縮印本との間には六十八年（一八一五→一八八三）の時間が経過しているため、両刊本の間で校勘者が重複することは、厳密にいうと不自然である。また、嘉慶十八年刊本と光緒九年縮印本との間にほぼ同じ時間の隔たりがある中で、嘉慶二十年重刊本の校勘者のみが採用され、嘉慶十八年刊本からは一人も採用されていないことも、明らかに不自然といえよう。

ゆえに筆者は、光緒九年縮印本が意図的に、嘉慶十八年刊本に姓氏のみえる校勘者を採り上げず、嘉慶二十年重刊本にのみ姓氏を挙げられた校勘者を採り上げたのだと推察する。[11]

また、嘉慶二十年重刊本の校勘者で注目すべきは、『附攷』の作者たる費雲倬の名が加えられたことである。龐佑清の名がことごとく取り除かれた光緒九年縮印本において、費雲倬が引き続き校勘者として記録されていることも、作為的なことと愚考する。

①・②・④に対する考察から、光緒九年縮印本の編者の意図するところが、『毛詩稽古編』嘉慶刊本から龐佑清の影響を取り除くことにある、と仮定すると、③に関しても幾分かの説明が可能となる。③の文寧「毛詩稽古編序」の有無をみると、これも光緒九年縮印本だけが採用していない。この点に関しては、以下の文章を参照したい。

> 龐生の陳氏に於けるや、洵に能く其の志を志し、其の学を学ぶ者か。余、陳氏の書の伝わるを得るを喜び、又、龐生の能く陳氏の書を伝うるを嘉するなり。[12]（文寧「毛詩稽古編序」）

文寧は、『毛詩稽古編』の伝播に対する龐佑清の貢献を称賛しているのであるが、もし龐佑清による同書の校勘と上梓に関して、その姿勢や態度に何らかの疑念が残るとするならば、この賛辞は些か当を得ないものとなろう。光緒九年縮印本の編者はあるいはこの称賛を疑問視して、文寧「毛詩稽古編序」を削除したのではなかろ

うか。(13)

四　費雲倬『附攷』の意味するもの

光緒九年縮印本は、『毛詩稽古編』に対する龐佑清の関与や影響をあたかも払拭するかのように編集されていた。ここで前節までの整理および考察から看取できる、費雲倬や光緒九年縮印本の編者らの龐佑清に対する姿勢に鑑みるに、原稿本(後定本)に依拠する嘉慶十八年刊本自体についても検証を加えねばなるまい。

そこで、費雲倬による『附攷』を活用して考察を進めることとする。『附攷』には嘉慶十八年刊本、要するに原稿本と、当時蒐集された諸本の間における校勘の記録が事細かに残されており、これらを分析することによって、嘉慶十八年刊本と諸本の差異は無論のこと、現存する『毛詩稽古編』諸本に関しても、様々な情報が得られると推測されるからである。以下本節では、『附攷』を手掛かりに、嘉慶十八年刊本および『毛詩稽古編』諸本の特色を整理した上で、嘉慶十八年刊本の資料価値を再考してみたい。

1　『附攷』とそこにみえる諸本

ここで費雲倬『附攷』について簡述する。『附攷』は先述のとおり、嘉慶十八年刊本の原本と、諸本を比較校勘して得られた成果をまとめたものである。また、こうした校勘の他、『毛詩稽古編』にみえる文字についても、多くの紙幅を割いて解説を加えている。

諸本の校勘に関しては、『毛詩稽古編』三十巻から、百十五項目の問題点を提示しており、ほぼすべての項目において、当時蒐集された諸本・底本の名称が挙げられている。うち二十二項目において複数の底本が挙げられている他、十一項目は費雲倬による考証および校正案であり、底本の名称は提示されていない。

実際に『附攷』からその記述方式に関して一例を挙げる（図1）。「巻一」には二つの項目があり、うち最初の項目をみると、「第二葉前八行」と嘉慶刊本における所在が示されており、次に該当する校勘箇所を「言此妾媵為之」と挙げて、以下、校勘の内容について双行注で「校甲子鈔本此字下有詩乃二字」と記載している。ここから、嘉慶刊本と甲子鈔本の間には、「詩乃」の二字の異同があることが明らかとなる。以上のような体裁で、一巻から三十巻まで様々な校勘が記録されている訳である。(14)

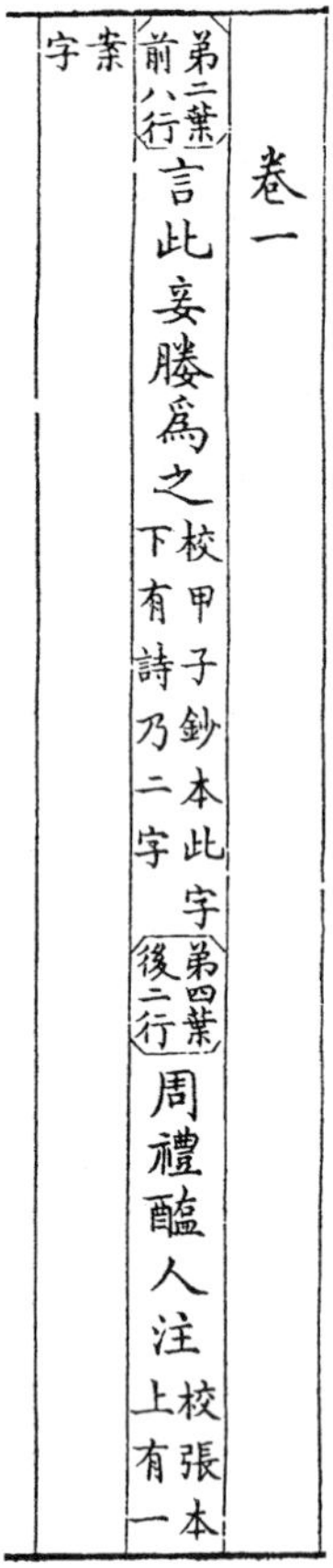
巻一
第二葉前八行 言此妾媵爲之 校甲子鈔本此字下有詩乃二字
第四葉後二行 周禮醢人注 校張本上有一案字

図1

費雲倬が嘉慶二十年重刊本の校勘に用いた諸本については、『附攷』にその名称がみえるが、その重複を整理すると全部で七種類となる。以下それぞれを簡潔に説明する（括弧内は『附攷』等にみえる表記）。

原本：（原稿本・手定稿・手稿・係後定本・作者元稿・作者後定之本・元本）　龐佑清の蔵本であった陳啓源『毛詩稽古編』を指す。先の整理からも明らかなように、嘉慶刊本は、この原稿本の体裁をほぼ完全に残していると考えられる。

甲子鈔本：（甲子本・甲子所鈔本）　康熙二十三年（甲子、一六八四）に、趙嘉稷が借抄した本。

趙氏本：（趙本・趙書翁借鈔本・趙氏借鈔本）擱筆された『毛詩稽古編』を、趙嘉稷が借抄したもの。
張氏本：（張本・費君家蔵張太史親鈔本・張太史手抄本・張尚瑗親鈔本）張尚瑗の手による親鈔本。費雲倬の所蔵本である。
王氏本：（王本）王昶が翁方綱所蔵本を借抄し、『四庫全書』収録に際して進呈したものと愚考する。
朱氏本：（朱本）『四庫全書』副本を朱珔が借抄したものと愚考する。
俊偉手鈔本：資料不足のため、現時点ではその詳細は不明である。

ここで振り返ってみるに、本章第一節の龐佑清の言に依ると、嘉慶十八年刊本発刊の際に用いられた諸本は、原稿本を含めても四種類であった。費雲倬はそれから三本を蒐集し、校勘に供した訳である。ここからも、費雲倬の校勘に対する執念がうかがい知れよう。

2　『附攷』の校勘と現存する諸本の比較

さてここで、『附攷』を用いて嘉慶十八年刊本の特色を明らかにしてみたい。『附攷』には、当時現存した諸本と嘉慶十八年刊本との間にみられた差異が残されている。そこで試みに、『附攷』にみえる校勘箇所、つまりは当時校勘対象であった諸本に特徴的な箇所と、嘉慶十八年刊本を含めた現存する諸本の当該箇所を比較検証する。この検証により、嘉慶十八年刊本と『附攷』にみえる諸本の間の差異ばかりでなく、現存する諸本と嘉慶十八年刊本との差異、また、現存する諸本と『附攷』にみえる諸本の間の差異あるいは共通点を究明しうると考えられるためである。

現存する諸本については本書序章で提示したが、以下略称にて再掲すると次のとおりである。(15)

張敦仁校清抄本・銭坫校清抄本・王季烈跋清抄本・山東省図書館蔵清抄本・南京図書館蔵清抄本・孔子文化大全本（張敦仁校清抄本影印本）・文淵閣四庫全書本・嘉慶十八年刊本・嘉慶二十年重刊本・光緒九年縮印本・皇清経解本（道光本、咸豊補刊本、鴻宝斎石印本、点石斎石印本）

まず、五種類の清抄本については、いずれもその実物を参照することはできないが、孔子文化大全本は張敦仁校清抄本の影印であり、幸いにも検討を加えることができる。

次に、本文に差異がないことから嘉慶十八年刊本・嘉慶二十年重刊本・光緒九年縮印本を同一の体裁のテキストとして一括する（嘉慶刊本）。

その他現存する『毛詩稽古編』についても同様の整理を行うと、現在検討可能なテキストは孔子文化大全本・『四庫全書』所収本・嘉慶刊本・『皇清経解』所収本の四種である。

実際の検証に際しては、まず『附攷』にみえる校勘と、現存する諸本の当該記事とをそれぞれ比較する。その際、『附攷』にみえる校勘の記述は、つまり校勘に用いられた諸本と嘉慶刊本との違いであることを念頭に置くと、『附攷』の校勘と、現存する諸本を比較するだけで、実は嘉慶刊本との比較も可能であることがわかる。この点を利用して比較を進め、その結果を大きく以下の三種に整理し、それぞれを数値化して表を作成する。

① 『附攷』との比較の結果、校勘に用いられた諸本と同じ記述内容を示している。
② 比較の結果、原本（つまりは嘉慶刊本）と同じ記述内容を示している。
③ 校勘に用いられた諸本とも原本とも異なる、独自の記述内容を示している。

これらの整理をまとめたものが表2である。横軸には『附攷』の校勘で費雲倬が提示した諸本と、費雲倬による独自の校勘案を項目として挙げた。縦軸には、まず横軸の各項目に関する記述が『附攷』にみえる総数を明記し、ひとつの指標とする。以下、比較のため、孔子文化大全本・『四庫全書』所収本・『皇清経解』所収本を縦軸に挙げた。もしこれら三本と『附攷』の記述が一致すればそれを枠内に数え上げる(先述①)。この数字が上掲の『附攷』にみえる総数に近ければ校勘に用いられた諸本に、零に近ければ嘉慶刊本に類似する傾向を示すこととなる。そこで統計の便のため、横軸に嘉慶刊本(先述②)を加え、更に比較の結果確認できる、現存諸本に独自の記述(先述③)も項目に加えた。

この表においてまず注目すべきは、最下段の『皇清経解』所収本である。同書はほぼすべての校勘項目において、嘉慶刊本と同様の体裁、同様の記述内容を示していることが看取できる。

表2 『附攷』にみえる校勘と現存諸本の比較表

	『附攷』にみえる総数	孔子文化大全本	『四庫全書』所収本	『皇清経解』所収本
原本	5	2	2	0
甲子鈔本	9	9	9	0
趙氏本	18	15	16	0
張氏本	62	52	51	2
王氏本	24	22	22	0
朱氏本	7	5	5	0
俊偉手鈔本	1	1	1	0
費雲倬の校勘案	11	8	8	1
嘉慶刊本		6	8	108
現存諸本独自の記述		8	10	4

『附攷』の校勘ではたとえば一項目に二種の書名が重複する例が二十二例あるため、表に挙げた数値を現存諸本ごとに(横軸に沿って)総和した数値と、『附攷』にみえる総数の総和は必ずしも一致しない。

ここで清朝末期の学者、耿文光（一八三三～一九〇八）の指摘を提示したい。彼はその著作『万巻精華楼蔵書記』において、彼が所蔵していた嘉慶刊本について「学海堂本、今字に改易す」[16]（巻五、経部詩類「毛詩稽古編三十巻」条）との双行注を附記している。要するに、嘉慶刊本を楷書に改めたものこそが学海堂本、すなわち『皇清経解』所収本である、という訳である。この点も併せて考えるに、『皇清経解』所収本と嘉慶刊本は体裁を同じくするテキストとして把握できよう。

次に、孔子文化大全本と『四庫全書』所収本について、その数値の分布に注目してみると、これら両テキストは、同様の特徴を示していることが看取できよう。

そこで実際に両テキストを比較校訂してみると、孔子文化大全本は篆文と楷書が混淆しており、『四庫全書』所収本は全文楷書で書かれている、という字体の差異はあるものの、その文字や文章の異同、ひいては段落の設定に至るまで、ほぼ同一の体裁で編まれていることが確認できた。

試みに、両テキストに共通する箇所について幾つか例示すると、たとえば、『毛詩稽古編』巻七「陳風、東門之池」の、「可以漚菅」節と「郭氏注爾雅」節の順序をみてみると、これら両テキストと嘉慶刊本・『皇清経解』所収本とでは、その前後が異なっている。巻十八「大雅、文王之什、皇矣」では、両テキストだけ「解経不可過求深」節（総字数九十三）が存在し、巻十九「大雅、生民之什、行葦」では、両テキストだけ「詩之興体」節（総字数百三十五）が存在する。こうした特徴からも、孔子文化大全本と『四庫全書』所収本は、体裁を同じくするテキストとして統括できよう。

続いて、費雲倬が蒐集した諸本についてみてみると、甲子鈔本・趙氏本・張氏本・王氏本・朱氏本・俊偉手鈔本にみえる特徴が、孔子文化大全本・『四庫全書』所収本に概ね残されていることがわかる[17]。

ここで特に注意したいのは、『附攷』にみえる甲子鈔本と趙氏本の特徴が、孔子文化大全本・『四庫全書』所収本にははっきりと残っているのに対し、嘉慶刊本・『皇清経解』所収本には一点すら残っていない、という事実である。甲子鈔本は陳啓源による続稿の、趙氏本は擱筆された『毛詩稽古編』の、いずれも趙嘉稷による手抄本である。つまり、これら両テキストは新旧の作者原稿と同一視できるものなのである。ところが、原稿本（後定本）をそのまま上梓したテキストであるはずの嘉慶刊本・『皇清経解』所収本は、甲子鈔本・趙氏本の特徴を全く残していない。見方を変えると、（趙嘉稷による）作者原稿の手抄本と、麗氏宅に伝わったという作者後定本とは、本来同じものであるはずが、表に示された数ほどの相違点があることになる訳である。これは果たして何を示唆するのであろうか。

3　『附攷』からみる嘉慶刊本の異同

如上の整理から、嘉慶刊本および『皇清経解』所収本は、その他の諸本と様々な点で乖離する傾向にあることが理解できた。そこで以下、実際に『附攷』にみえる校勘を検討して、嘉慶刊本に対して更なる考察を試みたい。『附攷』の各項目をみると、数十字を超えるような異同の存在が確認できる。今試みに、異同が二十字を超える校勘箇所とその字数を、『附攷』の記述からそのまま提示する。

「巻八、第八葉後六行、二十六字」　「巻十七、十三葉後七行、二十一字」
「巻十八、第九葉前五行、二十字」　「巻十八、十六葉前一行、二十六字」
「巻十九、第九葉後五行、五十七字」　「巻二十一、第六葉前八行、四十五字」
「巻二十六、第七葉後九行、七十二字」　「巻二十八、第七葉前二行、七十五字」
「巻二十八、十一葉後四行、六十三字」　「巻二十八、十九葉前十行、三十一字」

「巻二十九、廿二葉前十行、二十九字」　「巻二十九、廿三葉前十行、三十一字」[18]
「巻三十、西方之人条、七十四字」　「巻三十、鄘、一条十一行」
「巻三十、釈秦風苞櫟条、二十二字」　「巻三十、周頌文武吉甫条、一条」
「巻三十、捕魚之器条、三百十七字」　「巻三十、薄采其苑条、三十二字」

実は、これら大規模な異同は現在、嘉慶刊本・『皇清経解』所収本において、すべて削除されている。うち、「巻三十、鄘、一条十一行」は、費雲倬が張氏本に従って一節を削除した箇所である。[19]嘉慶刊本・『皇清経解』所収本では費雲倬の意見が採用され、削除されているが、孔子文化大全本・『四庫全書』所収本の該当箇所を参照するとこの一節が現存しており、実に二百五十字を数える。また、「巻三十、周頌文武吉甫条、一条」は、費雲倬が陳啓源の朱筆に依拠して一節を削除した箇所である。[20]これも同様に、嘉慶刊本・『皇清経解』所収本では削除されているが、孔子文化大全本では五百八十字、『四庫全書』所収本では五百八十一字を数える一節が残されている。この事実も、孔子文化大全本・『四庫全書』所収本には嘉慶刊本以前の『毛詩稽古編』の体裁が色濃く残されていることを裏付ける。

右に提示した二点の削除例は嘉慶刊本に反映されているため、龐佑清がこれらの校勘を早くから肯定していたことと、彼も校勘の結果を一部とはいえ活用していたことが確認できる。では、龐佑清と費雲倬の意見の衝突をうかがわせる校勘項目はないのだろうか。

ここで留意しておきたい校勘例があるので提示しておきたい。右に挙げた「巻三十、西方之人条、七十四字」に関して、孔子文化大全本では七十五字、『四庫全書』所収本では七十四字の異同が確認できる。当該項目は、陳啓源の仏教に対する思想の一端が看取できる点で非常に貴重な一節であるが、嘉慶刊本ではそのところどころから文字が欠落している。たとえば、「士大夫の明悟淵識なる者、能く黙して之を記す」[21]「抑々（そもそも）賢人、其れ浄土観を修むる者か」[22](いずれも巻三十「附録、丠」)といった、明らかに仏教思想を示唆する記述が脱落しているのである。また、孔子文化大全本・『四庫全書』所収本では、「之を夫子の言に合するに、東土の大法有ること久しきを証するに足る」[23](同右)とある一文が、嘉慶刊本では「……東土の大法有ること久しきに似る」[24](同右)と改められており、ここからも明らかな作為が看取できる。

同様に、「巻三十、捕魚之器条、三百十七字」の校勘に関して、孔子文化大全本・『四庫全書』所収本ではともに三百五十二字の異同が確認できるが、この脱落している箇所を確認してみると、たとえば、「夫れ覚皇の鈍根に於けるや、猶お権教有るがごとし、況んや帝王をや」[25](巻三十「附録、周頌」)のように、仏教思想に由来する記述が散見する。

陳啓源の仏教思想については、『四庫全書総目提要』に指摘があり、先掲の『毛詩稽古編』巻三十「附録、丠」、同「附録、周頌」等の記載がそこで問題となっている。[26]とすれば、こうした仏教思想に関連する記述を削除し、『毛詩稽古編』の再評価を促すことこそが、龐佑清の意図だったのではなかろうか。

小　結

以上、『毛詩稽古編』の上梓にまつわる諸事情と、費雲倬『附攷』が意味するものについて考察を加えた。如上の整理に鑑みるに、龐佑清による嘉慶十八年刊本は、あるいは恣意的に編まれたものではないだろうか。彼は嘉慶十八年刊本上梓に際して、ほぼすべての校勘の結果をあえて反映させなかったが、もし彼自身が述べているように、費雲倬の校勘にも一理あるとするならば、その校勘箇所を採用し訂正を施した嘉慶刊本は、あたかも『四庫全書』所収本のような体裁となるのである。『附攷』にみえる甲子鈔本や趙氏本、換言すれば『毛詩稽古編』の続稿と完成稿の特色を、嘉慶刊本が全く継承していなかった点も考慮に入れると、龐佑清の所謂「係後定本」には彼の作為が残っていると結論づけたい。

上梓に際して阮元に序文を依頼し、やがて阮元による『皇清経解』に『毛詩稽古編』が収録されたことも、あるいは龐佑清の意図のうちなのかもしれないが、この点に関しては推測の域を出ない。ともあれ、費雲倬や光緒九年縮印本の編者らは、こうした龐佑清の作為をあるいは看取して、『附攷』を著し、また重刊に際して龐佑清の影響をことごとく取り去ったのであろう。

（1）本書での検討に際して、嘉慶十八年刊本については九州大学所蔵本を、嘉慶二十年重刊本については京都大学所蔵本を、また光緒九年縮印本については私蔵本をそれぞれ使用した。

（2）原文は次のとおりである。
此爾曾祖母之嫡伯祖手筆也。抵藁祇有二、此係後定本。（龐佑清「毛詩稽古編跋」）

（3）原文は次のとおりである。
壬申春、因求善書人、依樣繕寫、併訪得甲子所鈔本・趙書翁借鈔本及費君家藏張太史親鈔本。（龐佑清「毛詩稽古編跋」）

（4）原文は次のとおりである。
余舊藏『毛詩稽古編』三十卷係我郷張太史手抄本。屢擬付梨、因未得原本、故中止者二十餘年。壬申夏、鯽廷龐氏携作者元稿、與余商其剞劂事、併欲將張本相爲讐校。余喜得其同志。（費雲倬「毛詩稽古編附攷序」）

（5）原文は次のとおりである。
閲週歳而雕成。（龐佑清「毛詩稽古編跋」）

（6）原文は次のとおりである。
龐氏所藏之本、實作者後定之本、作者親書之、親校之。龐氏因先賢手澤猶存、縱有譌脱、悉如其舊。（費雲倬「毛詩稽古編附攷序」）

（7）原文は次のとおりである。

細爲校對、其中字句、與彼三本間有異同、然既係後定本、當悉照此稿、不易一字。（龎佑清「毛詩稽古編跋」）

（８）原文は次のとおりである。

然余以諸本、細爲互校、其中字句、間有仍從初稿爲是者若干條。廼另籤於後、以備博識者酌訂之。（費雲倬「毛詩稽古編附攷序」）

（９）原文は次のとおりである。また、文中にみえる周子は、『毛詩稽古編』嘉慶二十年重刊本の校勘者に名を連ねる周兆鵬を指す。

癸酉秋季、鐫事既竣。費君赴秋闈、囘重校諸本之異同若干條、錄以示余。余於元本、雖未敢擅易一字、然細案其或增或損、實有補後定本之罅隙者、仍請周子、錄成一卷。（龎佑清「毛詩稽古編附攷跋」）

（10）本書では、先述のとおり嘉慶十八年刊本に関しては九州大学所蔵本を用いた。この他、たとえば名古屋大学所蔵嘉慶十八年刊本も同様の体裁である。ところが、台湾国家図書館所蔵嘉慶十八年刊本を調査したところ、その順序次第のみ嘉慶二十年重刊本と同様の体裁であったため、この点に関しては調査を継続する。

（11）嘉慶二十年重刊本の校勘者のうち、程邦憲・周兆鵬両名は、重刊本で初めて名前が採り上げられた人物であるが、光緒九年縮印本の校勘者には採用されていない。その要因については遺憾ながら現時点では未詳である。

（12）原文は次のとおりである。

龎生之於陳氏、洵能志其志、學其學者歟。余喜陳氏書之得傳、又嘉龎生之能傳陳氏書也。（文寧「毛詩稽古編序」）

（13）この光緒九年縮印本において龎佑清の名は、先掲の費雲倬「毛詩稽古編附攷序」、各巻の冒頭に刻された「同邑龎佑清黼廷氏校」の文字、および阮元「毛詩稽古編序」の次の記述に確認できる。

是書惜無刊本、手稿藏龎生黼廷家、今照依原本悉心校讐、付之剞劂……龎生誠好古敏求之士哉。（阮元「毛詩稽古編序」）

阮元はここで、『論語』「述而第七」の言葉「好古敏以求之」を引き、龎佑清をこれにたとえている。

（14）『附攷』の体裁は文中で述べたとおりであるが、筆者が確認したところ、嘉慶刊本中の該当箇所を示す記述に幾つか誤りがみられたため、以下、訂正して提示する。

巻二

誤：第三葉前八行　正：第三葉前九行

誤：第七葉後一行　正：第七葉前一行

巻八
誤：第九葉後九行　正：第三葉後九行
巻十五
誤：十二葉前五行　正：十二葉前四行
巻十九
誤：第八葉後五行　正：第六葉後五行
巻二十二
誤：第八葉前四行　正：第八葉前三行
巻二十四
誤：第二葉後十行　正：第二葉後九行
巻二十六
誤：第六葉前七行　正：第六葉前六行
巻二十九
誤：廿四葉前六行　正：廿三葉前十行
誤：卅三葉前二行　正：卅三葉前三行

また、「巻二十四、第八葉後八行」の校勘について、次のように記載されている。

校張本、下有「又云摵批批捽也批持頭髮也」十三字。

ところが、括弧内の文字は右のとおり十二字しかない。該当箇所についてたとえば、『四庫全書』所収本や孔子文化大全本をみてみると、「又云摵批也批捽也批持頭髮也」の十三字が確認できるため、張氏本の本文と費雲倬の記述のいずれが誤りか、決しがたい。

(15) 本書序章第三節2『毛詩稽古編』を参照されたい。善本として保管されている清抄本等の調査に関しては、遺憾ながら今後の課題とし、逐次報告したい。

(16) 原文は次のとおりである。
學海堂本、改易今字。（『万巻精華楼蔵書記』巻五、経部詩類「毛詩稽古編三十巻」条、双行注）

(17) 張氏本・王氏本および朱氏本は、孔子文化大全本および『四庫全書』所収本とその特色が多く一致していることから、同様の体裁のテキストであった可能性が考えられる。王氏本は王昶進呈『四庫全書』所収本、朱氏本は朱珔によるその副本の複写と愚考するが、俊偉手鈔本については、『附攷』に残る校勘だけではその縁起を解明できなかったため、調査を継続したい。
(18) 注14の訂正項目を参照されたい。
(19) 費雲倬の校勘に関して、原文は次のとおりである。
原本有剌宣姜之詩一條十一行、今依張本説。(『附攷』「巻三十、鄘」)
(20) 費雲倬の校勘に関して、原文は次のとおりである。この朱筆がいずれの本にみられたものか不明であるため、先掲の表2においては、費雲倬の校勘案として整理した。
下有引『鄭箋』今文秦誓一條、長發硃筆自評云、此條不必鈔入、今依評節。(『附攷』「巻三十、周頌文武吉甫条」)
(21) 原文は次のとおりである。
士大夫明悟淵識者、能默記之。(巻三十「附録、邶」)
(22) 原文は次のとおりである。当該箇所前部の欠落も併せて提示する。
齊姜氏大國、女所聞必有由來矣。彼美人兮、西方之人兮、渇仰繼慕情見於詞、抑賢人其修淨土觀者與。(巻三十「附録、邶」)
(23) 孔子文化大全本・『四庫全書』所収本にみえる原文は次のとおりである。
合之夫子之言、足證東土之有大法久矣。(巻三十「附録、邶」)

文中「抑」字が、孔子文化大全本では「邶」に作られている。ここでは『四庫全書』所収本に従った。
(24) 嘉慶刊本・『皇清経解』所収本にみえる原文は次のとおりである。
合之夫子之言、似乎東土之有大法久矣。(巻三十「附録、邶」)
(25) 原文は次のとおりである。当該箇所前部の欠落も併せて提示する。
大抵古人立法、惟是因民利導去其太甚。知民之欲色則爲婚禮以防其淫、知民之欲味則教之、以時而取、以禮而食、以禁其多殺如是而已。若果能窮其淫殺之根而悉除之、豈不甚願。然必待覺王降生、方能爲此要、其出世有期、其化物有緣、非人間帝王所可代爲也。夫覺皇之於鈍根、猶有權教、況帝王乎。(巻三十「附録、周頌」)
(26) 『四庫全書総目提要』にみえる指摘は次のとおりである。

至於付録中西方美人一條、牽及雜説、盛稱佛教東流始於周代、至謂孔子抑三王、卑五帝、藐三皇、獨歸聖於西方。捕魚諸器一條、稱廣殺物命、恬不知怪、非大覺緣果之文、莫能救之。至謂庖羲必不作網罟、是則於經義之外、橫滋異學。非惟宋儒無此説、卽漢儒亦豈有此論哉。白璧之瑕、固不必爲之曲諱矣。（『四庫全書総目提要』四、経部詩類二「毛詩稽古編」）

本章における諸版本の調査は、平成二十一年〜二十三年度科学研究費補助金若手研究（B）「清初以降の清代詩経学における思想的連続性に関する研究」（課題番号二一七二〇〇二五）の研究成果の一部である。

第三章　『毛詩稽古編』と『詩経通義』
──両書の成立に関する一考察として──

はじめに

陳啓源の著作『毛詩稽古編』について、その初稿が脱稿した康熙十八年（一六七九）の時点で、逸早く序文を寄せたのが朱鶴齢（字、長孺。一六〇六〜八三）である。

朱鶴齢は、早年のころは詩学に、そして晩年に至っては経学に傾倒し、多くの著作を遺している。詩学の研究成果としては、『李義山詩集注』および『杜工部詩集輯注』を撰しており、やがて経学に専心してからは、『周易広義』『尚書埤伝』『禹貢長箋』『読左日抄』『春秋左氏集説』等を著し、そして『詩経』の研究書としては『詩経通義』（『毛詩通義』とも呼称される。以下、『詩経通義』に統一する）を著している。[1]

陳啓源と朱鶴齢は同じ江蘇呉江の出身であり、また互いの学問を認め合った学友でもあった。伝記資料に乏しい陳啓源であるが、それでも朱鶴齢との交遊については、幾つかの資料に記載がみえる。たとえば陳啓源は、朱鶴齢の人となりや経学に対する姿勢に触れつつ、次のように述べている。

惟うに朱子長孺、慨然として経を窮むるを以て自ら任じ、而して余と遊処すること最も密、持論又多く余と

同じ。(2)（『毛詩稽古編』「陳啓源後序」）

ここから陳啓源が朱鶴齢と親密な友誼を結んでいたことがわかる。また朱鶴齢も、その著作『詩経通義』を陳啓源とともに検討したことを、次のように述べている。

余、向に『通義』を為すに、多くは陳子長発と商搉して成し、深く其の拠を援くこと精博なるに服す。(3)（『毛詩稽古編』「朱鶴齢序」）

これらの例示からも、両者が深い学術的交流を結んでいたことは想像に難くないであろう。陳啓源『毛詩稽古編』と朱鶴齢『詩経通義』は、現在の学界では、ともに明末清初期を代表する詩経学の専著として認知されているが、この両書は、陳啓源と朱鶴齢の学問的協力関係を背景に、非常に深く関与し合っている。(4)陳啓源による次の一文をその証左としたい。

適々長孺朱子、著す所の『毛詩通義』を以て見示し、共に其の疑を商搉し、因りて鋭意探討し、加うるに辨証を以てし、一義を得、輒ち札記の積久すること千条の如きを得、彙輯し帙を成す。之を名づけて『毛詩稽古編』と曰うのみ。(5)（巻一「敘例」）

陳啓源は、朱鶴齢とともに『詩経通義』を論定した際に、考証の成果を書き連ねていたのであるが、後にそのノートをまとめて一書に著したものこそが『毛詩稽古編』に他ならない、というのである。この事実を念頭に置くと、『毛詩稽古編』の成立過程を明らかにするために、陳啓源と朱鶴齢の関係、また『詩経通義』に対する、様々な検証の必要性が生じることには異論がないと思われるが、遺憾ながら、現在までにこのような問題意識から両書を採り上げた先行研究は皆無である。(6)

そこで本章では、『毛詩稽古編』の成立に関する研究の一環として、『毛詩稽古編』と『詩経通義』を主な資料として、両者の交流や両書の成立の背景、それらにまつわる諸事情を整理し、その上で、陳啓源および朱鶴齢の詩経学の一端を明らかにしてみたい。

一　陳啓源と朱鶴齢の学術的交流

本節を進めるに当たって、まず陳啓源と朱鶴齢の学術的交流について確認しておきたい。両者の協力関係についての最も古い事例としては、順治十四年（一六五七）に擱筆された『杜工部詩集輯注』の参訂者の一人として、陳啓源の名が確認できることが挙げられよう。(7)

この後、朱鶴齢は経学に専心していき、より一層陳啓源との交遊を深めていく。朱鶴齢は、康熙二十一年（一六八二）に、『周易広義略』に附した序文において、陳啓源から同書の執筆に関する叱咤激励を受けたことについて、次のように述べている。

陳子長発、一日余を過(よぎ)りて曰く、「古人は一隅反三(8)なれば、経何ぞ全解なるを必せんや。黄東発・王伯厚の如きも、略解を以てして伝うる者多し。子、何ぞ其の要を撮擧せざるか。自ら一書を為し、以て来る者に示せ」と。余、其の言に感じ、乃ち其の中の理・象に摂合するを刺取し、古今諸儒の得失を参論する者、一百余条を得、復た十余条を増益し、詮次し四巻と為す。名づけて曰く『広義略』と云う。(9)（『愚庵小集』巻七所収「周易広義略序」）

『周易広義』の執筆に挫折した朱鶴齢は、その研究成果をまとめられずにいたのであるが、陳啓源の叱咤を受けて感じ入り、未完の『周易広義』を摘録して『周易広義略』を編纂したというのである。(10)また陳啓源は、朱鶴齢が起稿した様々な著作について、その検討・校勘に参与したことを次のように述べている。

故に著す所の『周易広義』『尚書埤伝』『毛詩通義』『読左日抄』等の書、並びに余に示すを以て、共に論定を為す。[11]（『毛詩稽古編』「陳啓源後序」）

朱鶴齢が、経学に関する多くの原稿を陳啓源に提示して、その意見を採り入れていったことからも、陳啓源と朱鶴齢の学術的交流の一端が垣間みられるであろう。なお、文中で紹介されている『周易広義』を除く三書はすべて現存しているが、試みにこれらの著作を紐解いてみると、そのいずれにも、陳啓源の学説が引用されていることが確認できた。

如上の例示から、陳啓源と朱鶴齢が、学問の面で切磋琢磨しながら、密接な関係を築いていたことが看取できるだろう。

二 『毛詩稽古編』の起稿と『詩経通義』の擱筆

朱鶴齢が陳啓源の学識を認め、その学説を自著に採り入れていったことは先述のとおりである。ここでその事例を実際に考察する試みとして、表3を提示したい。

この表3に依れば、いずれの書物にも「啓源」の呼称による引用が確認できるのに対して、「長発」および『稽古編』の呼称による引用については、『李義山詩集注』の一例を除く他は『詩経通義』にのみ確認できる、幾分特殊な例であることがわかる。更に『詩経通義』が陳啓源の学説を非常に多く引用している点にも留意しておきたい。

『詩経通義』が陳啓源の学説を多く引用しているのは、本章冒頭で提示したように、『詩経通義』の論定に陳啓

表3

	啓源	啓源（注）	長発	長発（注）	『稽古編』	『稽古編』（注）
『李義山詩集注』	0	5	1	0	0	0
『尚書埤伝』	15	8	0	0	0	0
『読左日抄』	4	0	0	0	0	0
『詩経通義』	40	141	4	12	0	1

横軸に、現存する朱鶴齢の著作のうち陳啓源の学説を引用しているものを挙げている。また朱鶴齢が引用の際に必ず、「啓源曰……」「長発云……」のような書式を用いていることを踏まえて、縦軸に、陳啓源の呼称「啓源」と「長発」、および書名『稽古編』を挙げている。名称の下の（注）は、双行注における引用を意味する。数字は、それらの名称が諸文献に幾つ検知できるかをまとめたものである(12)。なお、序文や跋文にみえる名称については計数していない。

源が参与したことが直接の要因と考えられる。その際に筆録したノートをもとに陳啓源が『毛詩稽古編』を起稿したこともあって、両書の執筆過程には密接なつながりが認められる。

そこで両書の関係性について若干の考察を加えるべく、『詩経通義』に引かれている陳啓源の学説を検討してみたい。

最初に着目したいのは、表3に一例のみ確認できる、書名『毛詩稽古編』の引用である。当該の双行注は、『詩経通義』巻八に、次のようにみえる。

『孔疏』、燕射・郷射礼を引き毛を申ぶるなり。大射礼を引き鄭を申ぶるなり。『集伝』、両家の義を兼ぬ。長発氏、其の錯雑なるを疑い、論を著し之を辨ずること、『稽古編』に詳らかなり。(13)（「小雅甫田之什、賓之初筵」）

陳啓源が、朱熹（朱子。号、晦菴・紫陽。一一三〇～一二〇〇）『詩集伝』の説に対して反駁していること、その反駁が『毛詩稽古編』に詳細にみえることが注記されている訳である。ここから、朱鶴齢が当該の注を記入した時点で『毛詩稽古編』が存在していたことが推察できる。

また、『詩経通義』に呼称「長発」がみえる例(全十六例、表3参照)について精査したところ、当該する詩篇中に陳啓源の学説自体は直接引用されていないにも拘わらず、朱鶴齢が「長発已に之を辨ず」(『詩経通義』巻五「豳風、七月」注)のように述べて、先行する陳啓源の学説の存在を暗示している箇所が五例検知できる。[14]

この五例について、試みに対応する『毛詩稽古編』の記述を精察すると、『詩経通義』にみえる「この点に関しては陳啓源が詳述している」といった類の、朱鶴齢による指摘に該当する論考が、そのいずれに関しても確かに存在することがわかった。[15]

つまり朱鶴齢は、『毛詩稽古編』、あるいは陳啓源による何らかの著作の読後に、これらの注を加筆したのである。

では、朱鶴齢によるこれらの加筆は、実際にはいつごろ行われたのであろうか。ここで、『毛詩稽古編』の成立に関する経緯を整理しておく必要がある。ここにその要点を例示すると、次のようになる。[16]

① 『毛詩稽古編』は初稿・続稿・完成稿の段階を経て完成した。
② 朱鶴齢は『毛詩稽古編』若干巻に対して、康熙十八年(一六七九)に序文を附与した。
③ 続稿を検討して完成稿を作成する段階において、朱鶴齢はすでに没していた。
④ 康熙二十二年(一六八三)の朱鶴齢没後、康熙二十三年(一六八四)の時点で、弟子である趙嘉稷に複写させようとる『毛詩稽古編』三十巻の定稿が存在した。
⑤ 以上の点から、初稿は康熙十八年に、続稿は朱鶴齢没後の康熙二十二年から二十三年の間に、完成稿は康熙二十六年(一六八七)に成立したと推定できる。

ここから、朱鶴齢が参照しえた『毛詩稽古編』は、初稿であったと断定できるのである。そうすると朱鶴齢は、康熙十八年の『毛詩稽古編』初稿成立から、没年である康熙二十二年までの間に、この初稿の存在を念頭に置いて『詩経通義』を書き換えたこととなるだろう。

一方で、『詩経通義』の成立に関しては、朱鶴齢の門人である張尚瑗（一六五六～一七三二）が、雍正三年（一七二五）の『詩経通義』刊行に際して寄せた序文が参考となるため、次のとおり提示する。

> 尚瑗の、教えを我が愚菴朱先生に受くるは、正に先生『通義』を輯譔するの日、其の時年未だ弱冠ならず。……庚子の冬の暮れ、瑗、予章の院より帰り、……先生の両孫に従い、『通義』の蔵稿を借観するに、五十年前の丈を函れ点筆する情景恍然とし、牆を負うの敬もて之が序を為す。[17]（「詩経通義原序」）

朱鶴齢が『詩経通義』を編んでいたのは、張尚瑗が二十歳に満たないころであったという。また、張尚瑗は文中の庚子、康熙五十九年（一七二〇）に六十五歳であり、朱鶴齢に教えを請うていた当時であるその五十年前、康熙九年（一六七〇）には十五歳であった。

この康熙九年に、文人として知られる計東（一六二五～七六）が朱鶴齢『杜工部詩集輯注』に序文を書いているのであるが、そこにはすでに『詩経通義』および『禹貢長箋』の名が確認できるため、先述の張尚瑗の言葉と合わせて、『詩経通義』は康熙九年以前には、編著として成立していたと推察できるだろう。[18]

この後、『詩経通義』は、改稿を繰り返していくこととなる。それは張尚瑗が、

> 『埤伝』『左鈔』先後梓を授かるも、独だ『通義』一書のみ屢々更定を経る。[19]（同右）

と述べていることからも明らかである。よって後出の著作である『毛詩稽古編』の名称が『詩経通義』に引かれることも決して不自然ではない。

では、『詩経通義』の改稿はいつごろまで行われたのであろうか。この点に関しては、周中孚（一七六八～一八三一）の言及が参考となる。周中孚はその著作『鄭堂読書記』巻八において『詩経通義』に触れ、朱鶴齢が康熙二

十一年(一六八二)に附与した自跋が存在することを述べているのである。[20]『詩経通義』の跋文に関する記録は、管見の限りこの一点のみ確認できる。朱鶴齢の没年が康熙二十二年であることも考慮すると、恐らくこの康熙二十一年が、現行の『詩経通義』十二巻の擱筆年と考えられる。ゆえに、『詩経通義』にみえる『毛詩稽古編』の記事からの加筆も、この跋文の執筆時までには行われていたと推察する。

如上の考察から、朱鶴齢『詩経通義』が、康熙九年には周知の著書として成立していたこと、その改稿の過程において、陳啓源の所説を、「長発」や『稽古編』の表記を用いて注に加えていたこと、特に起稿後の『毛詩稽古編』に由来する加筆は、康熙十八年から康熙二十一年の間に行われていたことが整理できた。

三　陳啓源と朱鶴齢の詩経学

朱鶴齢『詩経通義』が擱筆に至るまでの経緯については前節で述べたとおりである。朱鶴齢は、『詩経通義』を陳啓源とともに論定し、改稿の際にも、必要に応じて陳啓源の学説を加筆していた訳である。では朱鶴齢は、如何なる基準をもって、陳啓源に依る解釈を採り上げ援用したのであろうか。本節では朱鶴齢の取捨選択の跡から、詩経学における朱鶴齢の問題意識について検討を加え、その上で、朱鶴齢と陳啓源の詩経学にどのような共通性が認められるか考察してみたい。

『詩経通義』は本文として、詩篇・『詩序』、次に一字下げて先賢による詩篇解釈を挙げ、必要に応じて双行注を附ける、という体裁で編まれている。陳啓源の学説はこの体裁に則れば、本文中に四十例、双行注に百四十九例の、合計百八十九例が引用されている。[21]

まず、本文に引かれた四十例について検証すると、このうち『詩序』に関する肯定的論及が二十六例を数え、また、『詩集伝』『詩序辨説』の著者である朱熹による『詩経』解釈への批判を含む引用が九例を数えた。これらの事例に重複するものは三例あるが、それを差し引いても、本文中に引用された学説の八割・三十二例を、この二点の事例が占めていることは注目に値するだろう。残る八例は、風雅頌および篇名に関する論及が四例、詩篇解釈が四例(朱熹に賛同する内容の一例を含む)であった。

次いで陳啓源の学説を引用した双行注が本文中の何処に附与されているか、その内訳を整理すると、総数百四十九例のうち百三十六例が詩篇に、四例が『詩序』に、二例が篇名に、そして七例が先賢による詩篇解釈に施されていた。詩篇に附された双行注は全体の九割を占めるが、注としての性質上、大半が字義・字体等の訓詁や種々の考証である。

そこで、本文における引用例に対する分析の結果を承け、双行注における『詩序』と朱熹批判の二点に関する引用について抽出し検証したところ、『詩序』に関する論及は六例ほど、朱熹批判を含む引用文は五十六例ほど確認できた(うち三例は上記二点の事例に重複する)。本文と双行注の検証結果を集約すると、この二点に関する事例は、実に全体のほぼ五割(総数百八十九例のうち九十一例、重複は除く)を占めることがわかる。

ここから『詩序』と朱熹批判の二点に、朱鶴齢と陳啓源に共通する問題意識が色濃く表れていると推察できる。朱鶴齢は、『詩経通義』において、『詩序』の解釈を尊重する際、および朱熹の詩経学の批正を企図した際に、陳啓源の詩経学をその一助として用いたのである。

では果たして陳啓源の詩経学は、朱鶴齢の詩経学と、どの程度まで符合しているのであろうか。ここで先述の、朱鶴齢の『詩序』および朱熹の詩経学に対する問題意識を手掛かりとして、両者の詩経学の特色について整理したい。

まず『詩序』についてみると、陳啓源は、「「小序」無くんば則ち『詩』読むべからず」[22]（巻二十五「総詁、挙要、小序」）と述べている。つまり陳啓源は『詩序』を、『詩経』解釈の規範と捉え、自身の詩経学の根幹に位置づけているのである。[23]

他方、朱鶴齢は、『毛詩稽古編』を評して「悉く「小序」『注疏』に本づき之を為す」[24]（「朱鶴齢序」）と述べており、陳啓源が『詩序』を重んじていることを認識していた。また、朱鶴齢は自身の『詩序』に対する見解について、次のように述べている。

『通義』とは、『古詩序』の義に通ずるなり。蓋し『序』は乃ち一詩の綱領なれば、必ず先ず『序』の意を申べ、然る後に『毛』『鄭』諸家の得失を論ずべし。[25]（「詩経通義凡例」）

朱鶴齢は『詩序』を、『詩経』解釈における最優先の文献だと考え、その『詩序』に通暁する意から、自らの著作を、『詩経通義』と名づけたという。朱鶴齢は、「『毛』『鄭』黜くべきも、而れども『序』黜くべからず」[26]（『愚庵小集』巻七所収「毛詩通義序」）とも述べており、彼が『詩序』を必須の資料とみなしていることは明らかである。

要するに、陳啓源と朱鶴齢は、『詩序』の重要性に関する見解が一致していたのである。そのため朱鶴齢は、陳啓源の『詩序』に関する学説を重用したのであろう。

続いて、両者が朱熹の詩経学をどのように理解し、どのような点を批判していたのか検討する。陳啓源は、『詩経通義』巻六所引の一文で、次のような朱熹への批判を繰り広げている。[27]

陳啓源曰く、「「魚麗」「嘉魚」「有台」三詩、朱子、『儀礼』間歌の文に因りて、遂に皆指すこと燕享通用の楽と為し、而して『序』を斥け非と為す。『序』の云う所、作『詩』の本意たるを知らざるなり」と。[28][29]（「小雅南有嘉魚之什、南山有台」）

ここでの批判の焦点は、『詩集伝』にみえる朱熹の解釈が、『詩序』の意を汲まなかったことにある。陳啓源は、朱熹が『詩序』に全く依拠せずに、『儀礼』を用いて解釈を行ったことに対して反駁している訳である。

更に一例を提示したい。陳啓源は、『毛詩稽古編』巻十七（『詩経通義』巻九所引の陳啓源説に該当する）[30]において、『詩集伝』の解釈を批判する際に、次のように述べている。

『集伝』、首二句を以て、文王既に没して其の神、上に在り、天に昭明なりと為し、末二句を以て、其の神、天に在り、帝の左右に升降し、是を以て子孫其の福沢を蒙りて天下を有つと為す。人を舎きて鬼を徴すは、義短なり。案ずるに、『呂記』、朱子の初説を引くは、本より古注と合す。後に忽ち之を易うるは、何の見なるかを知らず。[31]（巻十七「大雅文王之什、文王」）

ここで留意すべき点は、陳啓源が、『詩集伝』にみえる、古注に依らない解釈には反駁しているものの、呂祖謙（号、東莱。一一三七〜八一）の『呂氏家塾読詩記』にみえる、朱熹の古注に合致する解釈には賛意を示していることである。[32] 陳啓源は、朱熹の解釈をすべて批判するのではなく、『詩序』や古注に違背するか否かをひとつの基準とした上で異議を唱えているのである。

朱熹は『詩集伝』『詩序辨説』において『詩序』を廃絶し、古注と異なる多くの新しい解釈を提示している。[33] このため、『詩序』を尊重する立場を取る陳啓源は、朱熹の新解、つまりその廃序論的詩経学について批正を試みたのである。

では朱鶴齢は、朱熹の詩経学をどのような論拠から批判していたのであろうか。この点に関して、朱鶴齢が『詩序』の理解を促すべく述べている次の一文を提示したい。

『古序』は最も簡なり。『毛』『鄭』の訓多くは明らかならず、『鄭』は尤も踳駁なり。故に後儒の排する所と為る。学者善く解して之を参伍すれば、夾漈の『辨妄』、朱子の『辨説』、皆作らざるべし。[34]（「詩経通義凡例」）

朱鶴齢は、学者達が『詩序』や古注をよく吟味して検討すれば、鄭樵(号、夾漈。一一〇四～六二)の『詩辨妄』や、朱熹『詩序辨説』のような、『詩序』を非難し排除する論考は世に現れないと主張する。朱鶴齢は陳啓源と同様に、『詩序』を廃絶する考えには賛同できず、そのため朱熹の学問を批判の対象としたのである。

次いで、朱鶴齢が朱熹の廃序について述べた、次の一文を参照したい。

抑々東萊『詩記』、載する所の朱氏云云を観るに、皆『古序』を奉り金科と為し、黄東発、晦菴の新説を引くも、亦多く『序』に従う。然らば則ち『序』を廃し『詩』を言うは、特だ夾漈を過信するの故、初めより紫陽の本指に非ざるか。……故に羣説を参伍し、以て其の衷を折す。(35)(『愚庵小集』巻七所収「毛詩通義序」)

朱鶴齢は、呂祖謙や黄震(号、東発。一二一三～八〇)らの引用を例に、朱熹の学説にも『詩序』に準ずる、採るべきものがあることを述べた上で、朱熹が『詩序』を廃絶したのは鄭樵の学問の影響であるとみなし、朱熹も含めた様々な学者の説を折衷することを明言しているのである。

この折衷という手法について朱鶴齢は、陳啓源と自らの詩経学を比較して、

余の書は猶お今古の間を参停するがごとし。長発は則ち専ら古義を宗ぶ。(36)(「朱鶴齢序」)

のように細別している。しかし朱鶴齢が、『詩経通義』において、

経文の下、注を夾むは、又『毛』『鄭』及び『正義』の語を引き、而して加うるに宋元以来諸家の説を折衷するを以てし、必ず其の古義に合する者を取る。(37)(「詩経通義凡例」)

と述べていることも含めて考えるに、朱鶴齢の所謂「折衷」も、やはり陳啓源と同様に、古義、換言すれば、『詩序』や古注を取捨の基準とし、それに適合する学説を採り上げるものといえる。要するに、両者は『詩序』を尊重するという見地において、『詩経』解釈における基本姿勢を共有していたのである。ここから、朱鶴齢が『毛詩稽古編』に寄せた「朱鶴齢序」の記述には、陳啓源に対する謙譲の意が表れているとも理解できよう。

なお両者は、朱熹の学説も『詩序』や古義に合致すれば採用するが、その傍証として、『詩経通義』にみえる陳啓源の学説の引用中にも、朱熹に対する肯定的見解が本文に一例、双行注に六例ほど確認できることを附言したい。

如上の考察から、『詩経通義』にみえる陳啓源の学説は、『詩序』の肯定と朱熹への批判が多数みられたこと、陳啓源の朱熹批判は、朱熹の廃序に由来すること、朱鶴齢と陳啓源の詩経学はともに『詩序』にもとづく学問であったため、その持論に類似性が認められ、多くの学説が共有されたことが明らかとなった。

小結

本章では、陳啓源『毛詩稽古編』と朱鶴齢『詩経通義』を主な資料として、両者の関係とその詩経学について、幾分かの整理を試みた。

その結果、両者が学問において密接な協力関係にあったこと、陳啓源が、『詩経通義』の成立に深く関与し、朱鶴齢が晩年まで陳啓源の所論を『詩経通義』に採り入れていたこと、および両者の詩経学が、『詩序』の尊重をひとつの前提として、共通する問題意識を有していたことが確認できた。

かくも良き学友であった両者であるが、やがて康熙二十二年（一六八三）、朱鶴齢はこの世を去る。陳啓源はその助力を失うが、苦心の末、康熙二十六年（一六八七）に、『毛詩稽古編』を擱筆する。その冒頭、陳啓源は、両者の著作の関連性を次のように記している。

> 余の是の編を述ぶるは、『通義』の未だ備わらざるを補うを以てするなり。……故に斯の編の持説、間々（まま）『通義』と殊なる者有るは、各々（おのおの）信ずる所に従うなり。其の同じき者は復た覼縷せず。若し見る所同じと雖

も説、更進する有らば、亦詞費を憚らず、正に此の両書をして相輔けて行わしめんと欲するのみ。[38]（巻一「敘例」）

『毛詩稽古編』は、『詩経通義』を補うべきものであり、相違する点については互いを尊重し、同意する点については繰り返し論じない。『毛詩稽古編』は後来の著作であるから、同一の見解についても新たな考証を附加できるならばそれを厭わない、というのである。

実際に、『毛詩稽古編』において陳啓源は、『詩経通義』に既述の議論や朱鶴齢の学説について特に異論のない限りは、『詩経通義』の文章を繰り返して引用せず、ただ「『通義』之を辨ずること允当なり」[39]（巻二十三「周頌清廟之什、昊天有成命」）とだけ述べ、『詩経通義』を紐解くことを勧めている。[40]

ここから、陳啓源が朱鶴齢の没後もなお『詩経通義』を尊重した上で、自らの研究を進めていたことがうかがえよう。まさに『毛詩稽古編』と『詩経通義』は、並行して研究されるべき著作だったのである。

ところで朱鶴齢の著作は、そのすべてが『毛詩稽古編』擱筆以前に成立し、陳啓源の所論を多く残しているため、同時資料に乏しい陳啓源の学術を検討する上では非常に貴重な文献といえる。ここでは『詩経通義』を採り上げるに止まったが、いずれ総じて検討したい。

（1）朱鶴齢の伝記およびその著作については、たとえば、『清史稿』列伝に、次のような記載がみえる。
朱鶴齡、字長孺、吳江人、明諸生。穎敏嗜學、嘗箋注杜甫・李商隱詩、盛行於世……著『愚庵詩文集』。初爲文章之學、及與顧炎武友、炎武以本原相勗、乃湛思覃力於經注疏及儒先理學。……撰『易廣義略』四卷。……撰『尚書埤傳』十七卷。以朱子掊擊詩「小序」太過、與同縣陳啟源參考諸家說、兼用啟源說、疏通『序』義、撰『詩經通義』二十卷。……撰『春秋集説』二十二卷。……撰『讀左日鈔』十四卷。又有『禹貢長箋』十二卷。……年七十餘、卒。（巻四百八十、儒林一「朱鶴齡陳啟源」）

『清史稿』にみえる朱鶴齢の著作について、『詩経通義』の他はその来歴を省略した。『詩経通義』の巻数が二十巻となっているのは、十二巻の誤りと思われる。また、『易広義略』、すなわち『周易広義略』は現在伝わっていない。

（2）原文は次のとおりである。

惟朱子長孺、慨然以窮經自任、而與余遊處最密、持論又多與余同。（「陳啓源後序」）

（3）原文は次のとおりである。

余向爲『通義』、多與陳子長發商推而成、深服其援據精博。（「朱鶴齢序」）

（4）清初における詩経学の概説に関しては、洪湛侯『詩経学史』第四編第一章「清前期的『詩経』研究」（中華書局、二〇〇二年五月、四五七～四七六頁）を、陳啓源と朱鶴齢の詩経学に関する概説としては、戴維『詩経研究史』第八章第一節二「朱鶴齢与陳啓源的『詩経』研究」（湖南教育出版社、二〇〇一年九月、四九四～五〇二頁）を参照されたい。

（5）原文は次のとおりである。

適長孺朱子、以所著『毛詩通義』見示、共商推其疑、因鋭意探討、加以辨證、得一義、輒札記之積久得如千條、彙輯成帙。名之曰『毛詩稽古編』云爾。（巻一「敍例」）

（6）陳啓源および朱鶴齢の学術思想については幾つかの先行研究が存在するが、その思想の全容を解明するには至っておらず、検討の余地は多い。陳啓源『毛詩稽古編』に関しては、本書序章から第二章までを参照されたい。また、朱鶴齢『詩経通義』に関しては、李光筠『朱鶴齢詩経通義研究』（東呉大学中国文学研究所碩士論文、一九八九年五月）を参照されたい。

この『詩経通義』については、『四庫全書』所収本・碧琳琅館叢書本、および芋園叢書本が現存する。前述の李氏による考証を参照すると、芋園叢書本は碧琳琅館叢書本の重刻本であり、その内容に欠落が多い。そのため、『詩経通義』については、『四庫全書』所収本を底本とする。

（7）『杜工部詩集輯注』「同郡参訂姓氏」の中に、「陳長発啓源」の名がみえる。『杜工部詩集輯注』の擱筆年については、朱鶴齢「李義山詩集注原序」の次の記載を参照されたい。

申酉〔筆者注：順治十三～十四年、一六五六～五七〕之歳、予箋注杜工部詩于紅豆山莊、既卒業……順治己亥〔筆者注：順治十六年、一六五九〕二月朔、朱鶴齢書于猗蘭堂。

（8）「一隅反三」について、『論語』「述而第七」に次のようにみえる。

子曰、不憤不啟、不悱不發、舉一隅、不以三隅反、則不復也。

（9）原文は次のとおりである。

陳子長發、一日過余曰、「古人一隅反三、經何必全解。如黄東發・王伯厚、以略解而傳者多矣。子何不撮舉其要。自爲一書、以示來者」。余感其言、乃刺取其中攝合理・象、參論古今諸儒得失者、得一百餘條、復增益十餘條、詮次爲四卷。名曰『廣義略』云。（『愚庵小集』巻七所収「周易広義略序」）

（10）『周易広義』および『周易広義略』の両書は現在に伝わっていないが、その序文は、『愚庵小集』巻七において確認することができる。

（11）原文は次のとおりである。

故所著『周易廣義』『尙書埤傳』『毛詩通義』『讀左日抄』等書、竝以示余、共爲論定。（「陳啓源後序」）

（12）『愚庵小集』にも陳啓源の呼称が数例確認できるが、これは同書が、『毛詩稽古編』に寄せた序文を収録していることに由来する。序文や跋文は集計の対象から除外したため、ここでは『愚庵小集』を表3に挙げていない。

（13）原文は次のとおりである。

『孔疏』引燕射・鄉射禮申毛也。引大射禮申鄭也。『集傳』兼兩家之義。長發氏疑其錯雜、著論辨之、詳『稽古編』。（「小雅甫田之什、賓之初筵」）

（14）提示した資料の他、同様の例としては、『詩経通義』巻八「小雅甫田之什、賓之初筵」（先述の『稽古編』と同箇所）、同じく巻八「小雅魚藻之什、苕之華」、および巻十二「周頌閔予小子之什、閔予小子」、同じく巻十二「商頌、殷武」の四点が挙げられる。

（15）一例を挙げると、『詩経通義』巻八「小雅魚藻之什、苕之華」に、

陵、苕也。按『本草』云「今紫葳」。蘇恭修『唐本草』、以爲卽今陵霄花、『集傳』從之。長發、辨其不然、待考。

とみえ、これに対応する論考として、陳啓源は、『毛詩稽古編』巻十六「小雅魚藻之什、苕之華」に、蘇恭および朱熹の学説を例示した上で、次のような文章を提示している。

今驗之、有不相類者三焉。『孔疏』通『爾雅』及『鄭箋』『陸疏』之說、謂苕華有黄紫白紫。今凌霄花、面赤背黄無紫白色者、不類一也。『陸疏』言陵苕可染皁沐髮卽黑。『本草經』所言亦合凌霄花葉、倶無染皁之用、不類二也。『陸疏』言苕華恆生于下濕、『本草經』亦言生下濕水中、故陳風旨苕生於邛丘、則『陸疏』別釋爲苕饒、今凌霄別宜於燥土、不類三也。二物色性、皆殊明是別草矣。

(16) 詳細は本書第一章を参照されたい。当該の章は拙論「陳啓源『毛詩稽古編』成立とその流布について」(『詩経研究』第三十号、日本詩経学会、二〇〇五年十二月)を加筆訂正したものである。

(17) 原文は次のとおりである。

尚瑗之受教我愚菴朱先生、正先生輯譔『通義』之日、其時年未弱冠。……庚子冬暮、瑗自豫章院歸、……從先生兩孫、借觀『通義』藏稿、五十年前函丈點筆情景怳然、負牆敬爲之序。(「詩経通義原序」)

(18) 康熙九年の計東「杜工部詩集注序」に、次のようにみえる。

長孺究老力學、博極群書、尤殫精經術、若『禹貢長箋』『毛詩通義』諸書、皆可竝懸日月、非僅籍『杜注』爲不朽也。

この記載から、『詩経通義』が康熙九年の時点で存在していたことは明らかだと思われる。『詩経通義』の成立年代に関しては、注6に先掲の李氏の論文にて論じられているが、李氏は、張尚瑗「詩経通義原序」を資料として、『詩経通義』が康熙九年の作であると断じている。本書では、李氏が年代を特定する材料として用いた張尚瑗の言葉「五十年前函丈点筆情景怳然」の記述が、『詩経通義』の編纂を指すものとみなすには曖昧な表現であると判断して、その断定をしえなかったことを附記しておきたい。

(19) 原文は次のとおりである。

『埤傳』『左鈔』先後授梓、獨『通義』一書屢經更定。(「詩経通義原序」)

(20) 周中孚『鄭堂読書記』巻八に、『詩経通義』に関する次のような記録がある。

前有自序、後有自跋、稱壬戌、乃康熙二十一年、當屬愚菴晩年所作云。

(21) 『詩経通義』に関して、先掲の表3の総数は百九十八となる。このうち、同一の引用文に陳啓源の名称が重複する例が四例あり、また陳啓源の学説を引用として帯びない例が五例(注14参照)あることから、これらを除いた百八十九例が、『詩経通義』にみえる陳啓源の学説の総数となる。

(22) 原文は次のとおりである。

無「小序」則『詩』不可讀。(巻二十五「総詁、挙要、小序」)

(23) 陳啓源の詩経学における『詩序』の重要性については、本書第五章を参照されたい。また、序章にて紹介した洪氏(洪文婷)による論文等も併せて参照されたい。

(24) 原文は次のとおりである。

悉本「小序」『注疏』爲之。(「朱鶴齡序」)

(25) 原文は次のとおりである。
『通義』者、通『古詩序』之義也。蓋『序』乃一詩綱領、必先申『序』意、然後可論『毛』『鄭』諸家之得失。(『詩経通義凡例』)

(26) 原文は次のとおりである。
『毛』『鄭』可黜、而『序』不可黜。(『愚庵小集』巻七所収「毛詩通義序」)

(27) 『詩経通義』所引の文に対応する記述は、『毛詩稽古編』巻十に、次のようにみえる。
「魚麗」「南有嘉魚」「南山有臺」三詩、『朱傳』皆釋爲燕饗通用之樂、特見『儀禮』「鄉飲酒」及「燕」皆間歌此三詩、因據以立說耳。不知古人之用樂與作詩之本意不必相謀。「小序」所謂「萬物盛多能備禮」者、作「魚麗」之本意也。「樂與賢」者、作「南有嘉魚」之本意也。「樂得賢」者、作「南山有臺」之本意也。既有此三詩、後乃取爲間歌之樂章、非專爲間歌而作此三詩也。『序』自釋『詩』、不釋『樂』、有何誤哉。(「小雅南有嘉魚之什上」)

(28) 朱熹が引用した『儀礼』間歌の文は、「郷飲酒礼」および「燕礼」にみえる、次の一文である。
間歌「魚麗」、笙「由庚」、歌「南有嘉魚」、笙「崇丘」、歌「南山有臺」、笙「由儀」。

朱熹はこの記述を受けて、『詩集伝』において、次のような解釈を提示している。

間、代也。言一歌一吹也。然則此六者、蓋一時之詩、而皆爲燕饗賓客上下通用之樂。(巻九、小雅二、白華之什二之二「魚麗」)

(29) 原文は次のとおりである。
陳啟源曰、「「魚麗」「嘉魚」「有臺」三詩、朱子因『儀禮』間歌之文、遂皆指爲燕享通用之樂、而斥『序』爲非。不知『序』所云作『詩』之本意也」。(『詩経通義』巻六「小雅南有嘉魚之什、南山有台」所引)

(30) 『詩経通義』巻九「大雅文王之什、文王」に、次のようにみえる。
陳啓源曰、「首章首尾、皆言文王與天合德、德與天合、斯能受命也。『朱傳』皆解爲既沒而其神在天、與合德之旨殊矣」。

(31) 原文は次のとおりである。
『集傳』、以首二句、爲文王既沒而其神在上、昭明於天、以末二句、爲其神在天、升降於帝之左右、是以子孫蒙其福澤而有天下。舍人而徵鬼、義短矣。案、『呂記』、引朱子初說、本與古注合。後忽易之、不知何見。(巻十七「大雅文王之什、文

(32) 『呂氏家塾読詩記』巻二十五にみえる朱熹の解釈は、次のとおりである。
朱氏曰、「文王在上、尊仰之辭也。於昭于天、歎其德之昭明、上徹于天也。言文王與天同德也」。……朱氏曰、「夫文王在上而於昭于天、則有周之德、豈不顯乎。周雖舊邦、其命維新、則上帝之命、豈不時乎。德顯命時間不容息、蓋以文王德合乎天、一陟一降、常若在上帝之左右、與之同運而無違也」。(「正大雅文王之什、文王」)

なお、朱熹は同書に引かれている自説について「此の書の所謂朱氏とは、実に熹の少時浅陋の説なり」(「呂氏家塾読詩記序」)と指摘している。

(33) 朱熹の解釈には『詩序』や『毛伝』『鄭箋』に依拠するものも多くみられる。この点に関しては、莫礪鋒『朱熹文学研究』第五章第四節「『詩集伝』在章句訓詁方面的成就」(南京大学出版社、二〇〇〇年五月、二五五～二六一頁)等を参照されたい。

(34) 原文は次のとおりである。
『古序』最簡。『毛』『鄭』訓多不明、『鄭』尤踳駁。故爲後儒所排。學者善解而參伍之、夾漈『辨妄』、朱子『辨説』、皆可不作矣。(「詩経通義凡例」)

(35) 原文は次のとおりである。
抑觀東萊『詩記』所載朱氏云云、皆奉『古序』爲金科、黄東發引晦菴新説、亦多從『序』。然則廢『序』言『詩』、特過信夾漈之故、初非紫陽本指乎。……故參伍羣説、以折其衷焉。(『愚庵小集』巻七所収「毛詩通義序」)

(36) 原文は次のとおりである。なお、原文冒頭の「余」字は、『四庫全書』所収本では「餘」字となっているが、孔子文化大全本の記述に依って改めた。
余書猶參停今古之間。長發則專宗古義。(「朱鶴齢序」)

(37) 原文は次のとおりである。
經文下夾注、又引『毛』『鄭』及『正義』語、而加以折衷宋元以來諸家之説、必取其合於古義者。(「詩経通義凡例」)

(38) 原文は次のとおりである。
余之述是編、以補『通義』之未備也。……故斯編持説、間有與『通義』殊者、各從所信也。其同者不復覼縷。若所見雖同而説有更進、亦不憚詞費、正欲使此兩書相輔而行耳。(巻一「敘例」)

(39) 原文は次のとおりである。

『通義』辨之允當。（巻二十三「周頌清廟之什、昊天有成命」）

（40）陳啓源が実際に、朱鶴齢の記述を引用して異論を述べているのは、管見の限り『毛詩稽古編』巻一「国風周南、螽斯」、および巻十三「小雅節南山之什、正月」の二例のみである。また、『詩経通義』の書名を記して一読を促す事例は、二十二例確認できる。

第四章　陳啓源の『詩経』解釈
――その方法と後世の評価――

はじめに

陳啓源は明末清初の学者であり、一名を見桃ともいう。その詳細な伝記資料は残されていないが、たとえば『清史列伝』に依ると、(1)字を長発といい、江蘇呉江の出身と伝えられる。その性格は厳峻で、人との交流を好まず、ひたすら読書に耽り、経学、特に『詩経』に深い造詣を示した。著書に『毛詩稽古編』『尚書辨略』『読書偶筆』『存耕堂稿』があったといい、このうち現存しているのは『詩経』の研究書、『毛詩稽古編』三十巻だけである。

陳啓源の在世時には、ほとんど世間に知られていなかったこの『毛詩稽古編』であったが、やがて乾隆四十六年（一七八一）に完成した『四庫全書』に収録され、次いで、嘉慶十八年（一八一三）に初めて上梓されるや、刊本として広く世人の目に留まることとなり、更には、道光九年（一八二九）に完刻した『皇清経解』にも収録された。また、『毛詩稽古編』には、王昶（一七二四～一八〇六）や、阮元（一七六四～一八四九）、胡承珙（一七七六～一八三二）等々、著名な学者が序文や跋文を寄せている。このことから、乾隆後期以降の学界において同書が注目される存在であったことがうかがわれる。

そこで本章では、まず、この『毛詩稽古編』を紐解き、陳啓源が実際にどのような手法を用いて『詩経』を解釈し、その上で何を主張したのか検証し、その学説の特徴の一端を探ってみたい。また、『毛詩稽古編』が成立して後の、同書の受容の実態についても確認し、同書がどうして流行するようになったのか、その一因について考察したい。

一　『詩経』解釈における基本的態度

『毛詩稽古編』においては、どのような『詩経』解釈が展開されているのであろうか。まず、巻頭に附されている敘例についてみてみよう。

陳啓源は、『詩経』を解釈する際の基本的な態度について、「衆説を折衷するに、必ず古書を引拠し、其の義の優れる者を択びて、以て従う所を決す。敢て臆に憑りて断を為さず」[2]（巻一「敘例」）と述べ、古書にみえる諸説を取捨選択して考証を進め、文献上の根拠を持たない憶測を排除することを表明している。続いて、「古書」として依拠する書物について、次のように述べている。


引拠の書は、経伝を以て主と為し、而して両漢諸儒の文語は之に次ぐ。漢世の、古に近きを以てなり。魏晋六朝および唐人、之に次ぐ。古を去ること稍々遠きを以てなり。宋元より今に訖るまで、古を去ること益々遠く、又、鑿空の論・偽託の書多ければ、信を取る所に非ず。然れども其の援拠詳明、議論典確、鄙見の頼りて以て触発せらるるも、亦百に一二有り。[3]（同右）

陳啓源は、経書と孔門伝授の古説を「古書」として尊重し、漢代の文献にみえる諸説をそれに準ずるものとみなしている。それは、漢の時代が古の聖人の時代に近いからである。また右の文章をみる限りでは、漢代より後の説については、時間が降るにつれて信頼度が失われていくとし、特に宋代以降については、ほとんど徴するに足らないが、間々触発される説も存在するとも説明している。

次に、右に示された陳啓源の基本的な立場がどのように展開されているのか、『毛詩稽古編』巻二「召南、鵲巣」の解釈について考察してみよう。『詩経』の中の各詩に附されている『詩序』、所謂「小序」によると、「鵲巣」詩は、嫁ぎ行く花嫁を「鳩」に見立てて詠っている詩であると解釈されている。この詩にみえる「維鳩居之」句の「鳩」字について、陳啓源は次のように考証している。

「鵲巣」の鳩は、鳲鳩なり。『毛』は秸鞠と云う。『爾雅』は同じく、注に今の布穀と云う。『鄭』は其の均壹の徳有るを言う。故に『詩』は以て夫人に喩う。『埤雅』、之を申べて、均は是れ母道、壱は是れ妻道と言うは、義尤も允なり。[4]（巻二「召南、鵲巣」）

陳啓源は、まず『毛伝』の記述「鳩は鳲鳩・秸鞠」にもとづき、次いで『爾雅』釈鳥、『鄭箋』および『埤雅』釈鳥の記述を引拠した上で、「鳩」とは、「秸鞠」「布穀」の異称がある「鳲鳩」のことであり、「鳲鳩」は、母としては子供達に分け隔てなく、妻としては生涯を一人の配偶者と共にする、公平貞淑な女性を象徴すると結論づける。陳啓源は、更に「鳩」字に関する北宋の欧陽脩（字、永叔。一〇〇七～七二）の異論を掲げて、次のように述べている。

永叔独り異説を為して謂えらく、別に拙鳥の、鵲の空巣に処る有り、今、之を鳩と謂う。所謂布穀と鳩とは絶異するに至りては、案ずるに此の説、是に非ず。[5]（同右）

欧陽脩は、その著作『詩本義』巻二「鵲巣」において、「鳩」字を鵲の空巣に棲みつく「拙鳥」であると解釈している。彼の詩説は、陳啓源が「宋人、『詩』を説くに、多く欧に従う」[6]（同右）と述べているように、同時代の『詩経』解釈にかなりの影響を及ぼしたものと推察される。「鳩」字の解釈についてみると、朱熹も「鳩の性は拙。巣を為すこと能わず。或いは鵲の成巣に居る者有り」[7]（『詩集伝』巻一、召南一之二「鵲巣」）と述べている。やがて元の皇慶二年（一三一三）の詔に端を発して、朱熹『詩集伝』が以後の科挙の試験における標準の注釈となったため、[8]欧陽脩の「鳩」字解釈は、朱熹『詩集伝』を介在する形で後代に絶大な影響・権威を保持していたといえる。この欧陽脩の解釈に対して陳啓源は一石を投じている訳である。

更に陳啓源は、「鳩」の異称である「布穀」「鳲鳩」の典拠を、古典的な文献に確認して、次のように反駁を加えている。

> 鵲、子を生めば、輒ち飛びて其の巣を去り、他鳥に任せて之に居らしむ。豈、布穀独り居るべからざらんや。布穀の鳩為るは、載せて経伝に在り、歴として明拠有り。拙鳥の若き者は、『詩』に詠われず、『爾雅』に著されず、又、『左伝』「五鳩」の列に在らず、其の鳩名を冒すは、特だ俚俗の妄称なるのみ。……且つ未だ婦徳を言う者、徒だ其の拙のみを取るを聞かざるなり。[9]（巻二「召南、鵲巣」）

陳啓源は、欧陽脩が「鳩」と同一視する「拙鳥」についても考証する。前者は先に掲げた『爾雅』の他にも、『春秋左氏伝』[10]に、鳩の名を冠した古代の官職「五鳩」のひとつとして「鳲鳩氏は司空なり」（昭公十七年）との記述がみえ、その名称の古典性が確認されるのに対して、この「拙鳥」には拠るべき文献がないことから、「鵲巣」詩が作られた当時には存在しない、後代の俗称であると陳啓源は結論づけ、更に、婦人の高潔な徳について述べる際に「拙」字を用いるのは不適切である、と論難している。

右の「鳩」字に関する考証をみる限り、陳啓源は、自身が「古書」と称する『毛伝』や『鄭箋』等の漢代の儒説や『爾雅』『埤雅』といった古い字書を用いて、経書にみえる字句の本義を確定しようとしていることが確認できる。また逆に、「古書」に典拠を有しない異説に対しては、厳しい反駁を加えていることも看取できる。

二　『毛伝』および『鄭箋』に対する態度

『詩経』に対する注釈で最も古いものとしては、『毛伝』と『鄭箋』が存在する。「古書」にもとづいた立論を信条とする陳啓源にとって、この二つの注釈は、尊重すべき資料のはずである。実際、『四庫全書総目提要』では『毛詩稽古編』について、「而して経旨を詮釈するは、則ち一に諸を『毛伝』に準いて、『鄭箋』もて之を佐く。……其の間、漢学を堅持し、一語の出入を容さず(11)」(経部詩類二)と述べ、『毛伝』と『鄭箋』を含むところの漢代の儒説に違背することがない、換言すれば、漢学に全面的に依拠している書物として紹介している。

しかし、『毛伝』と『鄭箋』は決して完全な整合性を有する訳ではなく、両説が対立することも間々ある。この問題の処理も含め、陳啓源の学問的手法を更に明確にすべく、『毛詩稽古編』においてこの二つの古注がどのように扱われているのか、以下考察を加えたい。

1　『毛伝』に対する態度

まず、『毛伝』に対する陳啓源の態度を明らかにするために、『毛詩稽古編』巻十七「大雅、文王」から、文字の訓詁を論じた次の一節をみてみよう。なお、文中の注は陳啓源による。

「思皇多士」、皇を美に訓ずる者は、『呂記』、顔氏の説を引くなり(12)(毛云う、皇は天なりと)。「於緝熙敬止」、緝を続に訓じ、熙を広に訓ずる者は、欧陽氏の説なり(毛云う、緝熙は光明なりと)。「仮哉天命」、仮を大に訓ずる者は、蘇氏の説なり(毛云う、仮は固なりと)。此れ説の先儒に異なるも、而れども理有る者なり。[13]

(巻十七「大雅、文王」)

「思皇多士、生此王国」句の「皇」字について、陳啓源は、呂祖謙(一一三七〜八一)の所論「顔氏の『漢書』注に曰く、美なるかな多士、此の周王の国に生まるるなり、と」[14](『呂氏家塾読詩記』巻第二十五「文王」)を引用し「美」と訓ずる。同句は、『毛伝』の訓詁「思は辞なり。皇は天」[15]に依れば、「皇(天)、多士をして、此の王国に生まれしむ」と解釈されるが、陳啓源は「皇(美)なるかな多士、此の王国に生まる」の意に解釈している。

次に「於緝熙敬止、仮哉天命」句の「緝」「熙」の両字について、陳啓源は、欧陽脩の所論「当に続ぎて之を広め、敬い慎しみて墜(くず)れざるべし」[16](『詩本義』巻第十「文王」)を引用してそれぞれ「続」「広」と訓じ、「仮」字について、蘇轍(一〇三九〜一一一二)の所論「仮は大なり」[17](『詩集伝』巻十五、大雅文王之什「文王」)を引用して「大」と訓ずる。同句は『毛伝』の訓詁「緝熙は光明なり。仮は固なり」[18]に依れば、「ああ、緝熙(光明)にして敬う。仮(かた)き(固き)かな天命」と解釈されるが、陳啓源は「ああ、緝ぎ(続ぎ)熙めて(広めて)敬う。仮(おお)いなる(大いなる)かな天命」の意に解釈している。

ここで陳啓源は、宋代の学説を掲げて『毛伝』と比較検討した上で、宋代の学者の所論が『毛伝』を含む先行の学説よりも優れていると断言しているのである。このように、陳啓源が宋代の学説を支持している例は、『毛詩稽古編』に散見する。[19]

更に、『毛詩稽古編』における『毛伝』と『鄭箋』の取捨の実態をみてみたい。「小雅、巧言」詩の「乱如此憮」「昊天大憮」二句にみえる「憮」[20]字の解釈について、『毛伝』では、最初の「憮」字に「大なり」と訓詁を与え、二つ目の「憮」字に何の訓詁も与えていない。[21]対して、『鄭箋』ではいずれの「憮」字も「敖」と訓じ、訓詁に一貫性が認められる点から、陳啓源は次のように述べて『鄭箋』に従っている。

「巧言」首章の両「憮」字、上「憮」、『毛』は大に訓じ、下「憮」、『伝』無し。『鄭』は両「憮」、皆敖に訓ず。両「憮」は必ず画一を欲すれば、則ち『鄭』義勝れり。[22]（巻十三「小雅、巧言」）

「巧言」詩の「乱如此憮」「昊天大憮、予慎無辜」二句について、『鄭箋』は「憮」字を一貫して「敖」に訓じ、それぞれ「乱を為すこと此の如く、甚だ敖慢にして法度無きなり」「王、甚だ敖慢なり。我誠に罪無きも、我を罪す」と解釈している。[23] 他方、『毛伝』では前者の「憮」字のみ「大」に訓じており、それに従えば「乱、此の如く大なり」と解釈できるが、後者には直接の訓詁がないために解釈しがたい。そこで陳啓源は、『鄭箋』を支持しているのである。

しかし、『毛伝』が同字同訓を省略している可能性もあり、その場合、『毛伝』にも訓詁の一貫性が認められうるため、ともすれば陳啓源の主張には矛盾が生じる。そこで陳啓源は、続けて次のように論じている。

「昊天大憮」の『疏』、『毛』を申べ、王甚だ虐なること大なりと云うは、文義を成さず。[24]（同右）

孔穎達『毛詩正義』は、「昊天大憮、予慎無辜」句の解釈において、『毛伝』の訓詁を踏襲しようと試みる。ところが『毛詩正義』は、『毛伝』の「憮」字に対する訓詁「大なり」を詩篇中で一貫させて用いた際に、同句を処理できなかった。そのため、『孔疏』において、経文および『毛伝』『鄭箋』等に記述のない「虐」字を用いて、半ば強引に「王、甚だ虐なること大なり、我れ誠に辜無きも、我れを辜す。是れ虐なること大なり」[25]と解釈したことが推察される。この解釈の過程および結論に無理が生じていることを、陳啓源は「文義を成さず」と論駁しているのである。

要するに、「憮」字の解釈で陳啓源が問題視しているのは、表面的な訓詁の一貫性ではなく、その訓詁を詩篇中に対応させた際の文義、つまりは内容解釈における論理的整合性なのである。これらの例示からもわかるように、陳啓源は、『毛伝』の所説を絶対視してはいないのである。

2　『鄭箋』に対する態度

では、『鄭箋』に対する陳啓源の態度はどのようなものであろうか。『鄭箋』の作者、鄭玄（字、康成）の『詩経』解釈について、陳啓源は、次のように述べている。

> 康成、『詩』に箋すると他典の『詩』を引くに注するとは、多く異同有り。蓋し先ず『韓詩』に通じ、後に『毛序』を見るに因る。又、他典に引く所の類、断章多きは、則ち文に就き義を立つるが故なり。其の得失、亦往往にして互見す。故に後儒、『詩』を釈するに或いは反って他注を取る。[26]（巻二十六「考異、康成他注与箋詩異同」）

陳啓源は、鄭玄が『韓詩』を学んだ後に『毛詩』を学んだ結果として、他経に引用された『詩経』の句に対して鄭玄が『毛詩』を学ぶ以前に施した解釈と、『毛詩』を学んだ後に著した『鄭箋』との間に異同が多々みられる、という事実を指摘する。[27]加えて、他の経書に引用された詩は、断章取義的に用いられる場合がほとんどであり、おのずとその句の意味内容に違いが生ずるものであるとも分析している。それらを踏まえて陳啓源は、鄭玄の『詩経』解釈がいわば玉石混淆であり、その誤りも少なくないことを指摘している。後代の学者が『鄭箋』に対して異論を述べてもかまわないというのである。

また陳啓源は、孔穎達『毛詩正義』の中で引用されている、王粛・孫毓の経説について、「然れども諸家の説、固より大いに『鄭』に勝る者有り。惜しむらくは其の書、已に亡びて考う可からず」[28]（巻二十六「考異、釈文正義異同」）と述べ、『鄭箋』より優れている点があると説いている。つまり陳啓源は、『詩経』を解釈する上で、鄭玄の学説を偏重してはいないのである。

ここまでの考察によれば、陳啓源は、宋代以降の学説でも、それが的確な解釈であるならば、ある程度自説に採り入れており、由来の古き注釈である『毛伝』や『鄭箋』を、自身の解釈に際して絶対視している訳ではないことが、ここに明白となった。先に掲げた『四庫全書総目提要』の「漢学を堅持し、一語の出入を容さず」との記述は、『毛詩稽古編』の特徴を正確に把握しているとはいえないのである。

三　諸説を取捨選択する基準

前節まで、陳啓源が古注を重んじながらも、その論理的整合性をより意識して、様々な典籍や注釈を利用している実態が明らかとなったが、では、陳啓源が『詩経』各篇を解釈する際に、諸注釈の取捨選択に用いた基準は、論理的整合性だけであったのであろうか。

陳啓源は、諸注釈を取捨選択する基準について、次のように述べている。

又、古今文義の差殊は、胡越の、声を同じくせざるが若し。『毛』『鄭』の字訓は、率ね『爾雅』を宗とす。今に於いては驚俗と為すに似たるも、古に在りては実に恒詮に属し、易うべからざるなり。古義を用いて以て今文に入らば、固より説き難し。時人の目、古経を彊いて以て今義に就くも、亦豈、古人の心に合せんや。夫れ字を積みて句有り、字句を積みて篇章有り。字訓、既に譌なれば、篇指、或いは因りて以て舛す。小失に非ざるなり。(29)（巻一「敘例」）

陳啓源は、『詩経』が上古の典籍であるからには、解釈の際にも上古の知識を用いて考証すべきであり、それには『爾雅』を用いなければならない、という態度を表明している。この『爾雅』の由来に関して、陳啓源は「『爾雅』は周公より始まりて、子夏の徒、述べて之を成す」[30]（巻二十六「考異、爾雅毛伝異同」）という見解を示している。つまり、陳啓源が『爾雅』を積極的に活用し、それに依拠しているのは、『爾雅』の訓詁に、『詩経』の詠まれた当時に即しうる記述が残されていると、彼自身が判断したからに他ならない。また『爾雅』と『毛伝』に関して、陳啓源は「其の『爾雅』の未だ備わらざる所は、又『毛伝』に頼りて之を釈す」[31]（巻二十七「正字、字義」）とも述べている。つまり、訓詁に際して陳啓源はまず『爾雅』に依拠しており、『毛伝』はいわば『爾雅』の補助として用いられているのである。

更に陳啓源は『毛詩稽古編』で次のように述べて、『詩経』解釈においてはこの『爾雅』や『説文解字』等を重要視すべきであると説く。

読書は須く字を識るべし。古人の書を読むに、尤も須く古人の字を識るべし。古今の字の音形は多く異なり、義訓も亦殊なる。今世の字訓を執り、古人の書を解するは、譬うれば猶お蛮粤の郷音を操りて、中州の華語を訳するがごとく、必ず合わざるなり。夫れ字形の異は、則ち古文・大小篆、猶お『説文解字』及び鐘鼎の銘に存す。……古人の字訓、其の今に存する者は、僅かに『爾雅』の「釈詁」「釈言」「釈訓」三篇有るのみ。『爾雅』の書、固より六藝の指帰為り、尤も四詩の準的に属す。[32]（巻二十七「正字、字義」）

これに依ると陳啓源は、読書、要するに経典解釈の上では、文字についての正しい理解を得ることこそが特に重要な課題であると考えていることがわかる。『詩経』のような古典を読解するには、それが著された時期から遠くかけ離れた現代の言語や常識を用いては意味がないと、彼は考える。だからこそ、訓詁に関しては、由来の古き典籍から考証を進めるべきだと主張するのである。従って陳啓源は、字義に関しては『爾雅』に依拠し、字形に関しては『説文解字』や金文・碑文等にもとづいた『詩経』解釈を試みている。

加えて、字形の考証における取捨選択の基準について、陳啓源は、次のように述べてもいる。

其の正を取る所は、『説文』を主とし、輔くるに『蒼』『雅』を以てし、参するに鐘鼎碑刻の文を以てするは、典を崇ぶなり。[33]（巻二十七「正字、字形」）

陳啓源は字形を確定する際に、『説文解字』を第一の典拠として用い、『蒼頡篇』『爾雅』等の字書や、金文・碑文といった資料を補足・参考としたことが、ここに明示されている。

ここまで掲げた例から、陳啓源は『詩経』を解釈する際に、『爾雅』『説文解字』等の字書を判断の基準として活用していたことが確認できる。陳啓源より以前に、『詩経』に関する著述を行った学者の中にも、たとえば明代の楊慎（一四八八～一五五九）の『転注古音略』や、陳第（一五四一～一六一七）の『毛詩古音考』等に代表されるように、『爾雅』や『説文解字』を活用して『詩経』を研究した者は存在する。[34]しかし、そのような考究を試みた学者は決して多かったとはいえない。字形や音義に関する学問、所謂文字学としての小学とその成果の活用は、『毛詩稽古編』におけるひとつの特徴といえよう。

このような態度を念頭に置いて、前節で掲げた宋代の学者による経説について再考を加えてみると、たとえば「大雅、文王」にみえる、「仮哉天命」句の「仮」字を「大」と訓ずる蘇轍の所論は、『爾雅』「釈詁上」の記述「…仮…、大なり」にもとづいた訓詁であり、「思皇多士」句の「皇」字を「美」と訓ずる呂祖謙の所論は、『爾雅』「釈詁下」の「…皇皇…、美なり」および『広雅』巻一上「釈詁」の「…皇…、美なり」にもとづいた訓詁である。[35]このように、陳啓源が諸注釈の取捨選択の基準として小学に依拠していることは明白といえる。

四　『毛詩稽古編』の受容と評価に関する一考察

本章の冒頭でも触れたが、『毛詩稽古編』は、清朝の乾隆・嘉慶年間（一七三六～一八二〇）、所謂乾嘉期以降に、突如として脚光を浴びるようになる。『毛詩稽古編』評価の諸相と受容の経緯を探る試みとして、『毛詩稽古編』に対する言及が確認できる乾嘉期以降の資料について、ここで検討を加えてみよう。

乾嘉期を代表する学者の一人、銭大昕（一七二八～一八〇四）は、清初の学者である臧琳（一六五〇～一七一三）の著作『経義雑記』に寄せた序文において、次のように述べている。

国朝の通儒、顧亭林・陳見桃・閻百詩・恵天牧の諸先生の若きは、始めて篤く古学に志し、経訓を研覃し、文字・声音・訓詁に由りて義理の真を得。[36]（『潜研堂文集』巻二十四「臧玉林経義雑識序」）

銭大昕は、国朝の通儒として四人の碩学の名を挙げているが、その一人「陳見桃」なる人物こそ、本書で採り上げている陳啓源に他ならない。銭大昕は陳啓源を「文字、声音、訓詁に由りて義理の真を得」た学者の一人とみなした上で、顧炎武（号、亭林。一六一三～八二）や閻若璩（字、百詩。一六三六～一七〇四）ら、清初の大儒と同様に称賛し、高く評価している。では銭大昕は、陳啓源のどのような点を評価したのであろうか。

その手掛かりとして、銭大昕が『潜研堂文集』において、本章で先に考察した陳啓源の考証を引用している部分に注目したい。当該の文章で銭大昕は『詩経』「召南、鵲巣」の「鳩」字について「『詩』中の鳥獣草木の名は、当に『爾雅』を以て証と為すべし」[37]（巻六、答問三「詩」第二条）との見解を示した上で、陳啓源の説を略論して、「秸鞠を鳲鳩と為すは、「釈鳥」に見え、別に拙鳥の鳩と名づくる者有るを聞かず」[38]（同右）と述べ、更に次のように続けている。

善きかな、呉江陳氏の言に曰く「布穀の、鳩と名づくるは、載せて経伝に在り、歴として明徴有り。拙鳥の若き者は、『詩』に詠まれず、『爾雅』に著されず、又、『左伝』「五鳩」の列に在らず。……且つ未だ婦徳を言う者、徒だ其の拙のみを取るを聞かざるなり」と。斯れ解頤の論と為す。[39]（同右）

この銭大昕の問答において注目されるのは、銭大昕自身がまず『爾雅』の重要性を説いた後に、陳啓源の所説を引用し、称賛している点である。銭大昕は、「『六経』の旨を求めんと欲すれば、『爾雅』より始むるを必す[40]」（『潜研堂文集』巻三十三「与晦之論爾雅書」）、「古文の後世に伝わらざるより、士大夫の、頼りて六書の源流を考見する所以の者は、独だ許叔重の『説文解字』一書有るのみ[41]」（『潜研堂文集』巻二十七「跋説文解字」）等と述べているように、経学における小学の価値を熟知していた学者である。思うに、銭大昕は、陳啓源が小学とその成果を活用した経典解釈を試みていることに、自己の学風と共通する点を見出したのであろう。その上で銭大昕は、陳啓源の実証的な学問手法を評価するに至った訳である。

銭大昕とほぼ在世期間を同じくする学者に王昶がいる。彼は『毛詩稽古編』に、次のような跋文を寄せている。

通経道古の士を見るに、是の書を重んぜざる靡し。……余嘗に謂えらく、鄭・荀・虞の易学を紹ぐは、定宇の『易漢学』『周易述』、最と称す、毛・鄭の詩学を紹ぐは、是の書、最と称す。……『詩』を学ぶに毛・鄭を習わざるは、学ばざると同じ、而して是の書を習わざるは、猶お断港絶潢の、海に至らんことを蘄むるがごとし。豈誇らざらんや。[42]（『春融堂集』巻四十三所収「跋稽古編」）

王昶のいう定宇とは、恵棟（一六九七～一七五八）の字である。恵棟は乾嘉期以降に隆盛を誇った考証学における大家の一人であるが、王昶は恵棟が漢代経学の成果にもとづく実証的な学問を修め、宋代以降の学問を否定する姿勢を示した点を評価している。

ところで王昶は、自身の書斎に「鄭学斎」と名づけたほどに、鄭玄に傾倒していた学者である。[43]その彼が先の恵棟と陳啓源を併称している点や、自身の信奉する鄭玄の詩経学を継承する著作として、『毛詩稽古編』を指名している点から推察するに、王昶が『毛詩稽古編』にみえる陳啓源の学風を、自己のそれと同様に、漢学を尊重するものとみなしていたことは明らかである。

また、乾嘉期を代表する学者の一人である阮元は、嘉慶十八年（一八一三）の『毛詩稽古編』刊本発行に際して、次のような序文を寄せて、陳啓源を評している。

篇義は「小序」を宗とし、経を釈するは『毛』『鄭』を宗とし、故訓は之を『爾雅』に本づけ、字体は正すに『説文』を以てす。志は復古に在り、力めて蕪義を排す。……豈、実事求是の学に非ざらんや。……近世の学者、此の書を知らず。惟だ恵定宇徴君、亟々（しばしば）之を称し、是に於いて海内好学の士、始めて知りて転抄し蔵弆す。……時を同じくして元和の恵君研谿、『詩説』を著し古義を発明するは、陳氏と謀らずして自ら合す。蓋し我が朝の古を稽（かんが）え文を右（たっと）び、儒者の実学を崇尚するは、二君実に之を啟く。[44]（「毛詩稽古編序」）

阮元は『毛詩稽古編』の特徴を、古き注釈や小学を用いた『詩経』解釈に見出しており、またその点を評価している訳である。阮元によれば、恵棟の激賞を契機として『毛詩稽古編』の存在が世人に知られるようになったという。これはつまり、それまで世間で認識されていなかった『毛詩稽古編』と陳啓源の学風が、乾嘉期のそれと合致し、受容されていったことを物語っている。更に阮元は、恵棟の祖父である恵周惕（号、研谿。生没年不詳）と陳啓源を併称し、乾嘉期における実証的学問の源流であるとまで評価しているのである。

ここまで、陳啓源評の諸相を掲げた。『毛詩稽古編』は、小学を活用した『詩経』解釈を試みていたため、乾嘉期における考証学の流行をひとつの背景として、肯定的に受容され、高く評価された。そして乾嘉期の諸学者達は、このような陳啓源の学問的手法に、自身らのそれとの類似性を確認したために、陳啓源を清初における考証学の先駆者とみなしたのである。ここに、『毛詩稽古編』が乾嘉期以降、脚光を浴びたひとつの要因が認められる。

小結

以上、陳啓源の著作『毛詩稽古編』における『詩経』解釈の手法およびその主張の特色について考察したところ、以下の諸点が明らかとなった。

まず、陳啓源は『詩経』解釈に際して、由来の古き経典や注釈、および字書を重要視して考証を行っており、基本的に古ければ古いほど、換言すれば、古の聖人の時代に近ければ近いほど、文献の信頼性が高いという考えを示していた。そのためか、『四庫全書総目提要』の指摘によれば、『毛詩稽古編』は、漢代以前の経学に偏向している、とのことであったが、その実、『毛詩稽古編』において陳啓源は、その論理的整合性を考慮した上で、漢代以降の諸説からも採るべきところは採択して『詩経』解釈を試みていることが確認できた。

また、諸注釈の取捨選択の基準として、陳啓源が古い文献の中でも『爾雅』や『説文解字』といった字書を積極的に活用して『詩経』を解釈しようとした点にも、特色が認められる。このように彼は文字学としての小学を『詩経』解釈に活用していたが、これは明代以前では決して一般的とはいえず、清朝乾嘉期に盛んとなった手法であるため、清初、彼がすでに小学に着目しそれを活用していた点には、時代的先駆性が認められる。

陳啓源没後、乾嘉期に入ると、漢代を中心とする古い儒説や、文字・音韻の学に依拠して経書を解釈することが盛んとなった。本章で考察した彼の学問的手法は、この乾嘉期の学風と共通する部分を多く持っていたために、陳啓源は考証学の先駆として高く評価され、『毛詩稽古編』は、清初における実証的著作として肯定的に受容されていった訳である。

(1)『清史列伝』巻六十八「儒林伝下二」には、次のように記述されている。

陳啓源、字長發、江南呉江人。諸生。性嚴峻、不樂與外人接、惟嗜讀書。晩歳研精經學、尤深於『詩』。朱鶴齢著『詩經通義』、於國朝獨採啓源之説。所著『毛詩稽古編』三十卷、其銓釋經旨、一準『毛傳』、而『鄭箋』佐之。訓詁聲音、以『爾雅』爲主、草木蟲魚、以『陸疏』爲則。於漢學可謂專門。又著有『尙書辨略』二卷、『讀書偶筆』二卷、『存耕堂稿』四卷。

なお、『清史稿』にもほぼ同様の記述がみられる。

(2)原文は次のとおりである。

折衷衆説、必引據古書、擇其義優者以決所從。不敢憑臆爲斷。(巻一「敘例」)

(3)原文は次のとおりである。文中の傍点を附した「文」字は『四庫全書』所収本では「之」字に作るが、ここでは孔子文化大全本に従い「文」字に改めた。

引據之書、以經傳爲主、而兩漢諸儒文語次之。以漢世近古也。魏晉六朝及唐人次之。以去古稍遠也。宋元訖今、去古益遠、又多鑿空之論・僞託之書、非所取信。然其援據詳明、議論典確、鄙見賴以觸發、亦百有一二焉。(巻一「敘例」)

(4)原文は次のとおりである。

鵲巢之鳩、鳲鳩也。『毛』云秸鞠。『爾雅』同、注云今之布穀。『鄭』言其有均壹之德。故『詩』以喩夫人。『埤雅』申之言均是母道、壹是妻道、義尤允矣。(巻二「召南、鵲巣」)

(5)原文は次のとおりである。

永叔獨爲異説、謂別有拙鳥、處鵲空巣、今謂之鳩。至所謂布穀與鳩絶異、案此説、非是。(巻二「召南、鵲巣」)

(6)原文は次のとおりである。

宋人、説『詩』多從歐。(巻二「召南、鵲巣」)

(7)原文は次のとおりである。

鳩性拙。不能爲巣。或有居鵲之成巣者。(『詩集伝』巻一、召南一之二「鵲巣」)

（8）元の皇慶二年（一三一三）の詔を受けて、『詩集伝』を含む朱子学系の注釈書が科挙の試験における経書解釈の基準とされ（『元史』巻八十一「選挙志」一）、その状況は清朝に至っても同様であった。

（9）原文は次のとおりである。

鵲生子、輒飛去其巣、任他鳥居之。豈布穀獨不可居乎。布穀之爲鳩、載在經傳、歴有明據。若拙鳥者、不咏於『詩』、不著於『爾雅』、又不在『左傳』「五鳩」之列、其冒鳩名、特俚俗之妄稱耳。……且未聞言婦徳者、徒取其拙也。（巻二「召南、鵲巣」）

（10）『左伝』「五鳩」について、『春秋左氏伝』昭公十七年に、次のように記されている。

祝鳩氏司徒也、鴡鳩氏司馬也、鳲鳩氏司空也、爽鳩氏司寇也、鶻鳩氏司事也。五鳩、鳩民者也。

（11）原文は次のとおりである。

而詮釋經旨則一準諸『毛傳』而『鄭箋』佐之。……其間堅持漢學、不容一語之出入。（『四庫全書総目提要』四、経部詩類二「毛詩稽古編」）

（12）呂祖謙『呂氏家塾読詩記』に引用された「顔氏漢書注」について、その出典として『漢書』巻六十四下「王褒伝」の顔注に、次のようにみえる。

「大雅」文王之詩也。思、語辭也。皇、美也。言美哉、此衆多賢士、生此周王之國也。

（13）原文は次のとおりである。なお、文中にみえる陳啓源の注「毛云皇天也」の「天」字について、『四庫全書』所収本は「大」字に作るが、『毛詩正義』の『毛伝』、および『毛詩稽古編』嘉慶刊本と『皇清経解』所収本の記載によって「天」字に改めた。

「思皇多士」、皇訓美者、『呂記』引顔氏之説也毛云皇天也。「於緝熙敬止」、緝訓續、熙訓廣者、歐陽氏之説也毛云緝熙光明也。「假哉天命」、假訓大者、蘇氏之説也毛云假固也。此説之異於先儒而有理者也。（巻十七「大雅、文王」）

（14）原文は次のとおりである。

顔氏『漢書』注曰、美哉多士、生此周王之國也。（『呂氏家塾読詩記』巻第二十五「文王」）

（15）原文は次のとおりである。

思、辭也。皇、天。（「大雅、文王」『毛伝』）

（16）原文は次のとおりである。

當續而廣之、敬慎不墜。(『詩本義』巻第十「文王」)

(17) 原文は次のとおりである。

假、大也。(『詩集伝』巻十五、大雅文王之什「文王」)

(18) 原文は次のとおりである。

緝熙、光明也。假、固也。(「大雅、文王」『毛伝』)

(19) 陳啓源が『毛詩稽古編』において、宋代以降の諸注釈や学説を採択している例について、試みに幾つかを提示すると、訓詁や内容解釈に関しては、巻二十一「大雅、雲漢」において、蘇轍の解釈を採択して立論している例がみえ、また『詩』の「六義」である賦比興解釈に関しては、巻十六「小雅、漸漸之石」において、この詩篇を興に分類した古注ではなく、賦に分類した宋代の諸学者の解釈を採択している例が確認できる。また、字音に関して『毛詩稽古編』で「字音の異は、則ち宋の呉棫に『韻補』の一書あり。紫陽(筆者注：朱熹)用いて以て『詩』を協す。而して近世、楊慎の『古音略』、陳第の『古音考』、又、其の未だ備わらざる所を推演す」(巻二十七「正字、字義」)と述べている例も認められる。ここで陳啓源は、宋代から明代の学者による学説を、『毛詩稽古編』においても採択することを示唆している。

(20) 文中の「憮」字に関して、現在一般に流布している阮刻十三経注疏本の『毛詩正義』においては、段玉裁『詩経小学』巻二「乱如此幠」の考証にもとづき、「幠」字が用いられているが、『毛詩稽古編』諸本においては、「憮」字が用いられているため、本章の本文では「憮」字に表記する。

(21) 原文は次のとおりである。

幠、大也。(「小雅、巧言」『毛伝』)

(22) 原文は次のとおりである。

「巧言」首章兩「憮」字、上「憮」『毛』訓大、下「憮」無『傳』、『鄭』兩「憮」皆訓敖。兩「憮」必欲畫一、則『鄭』義勝矣。(巻十三「小雅、巧言」)

(23) 該当する「小雅、巧言」『鄭箋』の記述はそれぞれ次のとおりである。

幠、敖也。

爲亂如此、甚敖慢無法度也。

王甚敖慢。我誠無罪而罪我。

(24) 原文は次のとおりである。
「昊天大幠」『疏』、申『毛』云王甚虐大、不成文義矣。（巻十三「小雅、巧言」）

(25) 原文は次のとおりである。
王、甚虐大、我誠無辜而辜我、是虐大也。（「小雅、巧言」『孔疏』）

(26) 原文は次のとおりである。
康成、箋『詩』與注他典之引『詩』者、多有異同。蓋因先通『韓詩』、後見『毛序』。又他典所引類、多斷章、則就文立義故也。其得失亦往往互見。故後儒、釋『詩』或反取他注。（巻二十六「考異、康成他注与箋詩異同」）

(27) 鄭玄と『韓詩』の関係については、『後漢書』「鄭玄伝」に、「又、東郡の張恭祖に従い、『周官』『礼記』『左氏春秋』『韓詩』『古文尚書』を受く」との記述があり、陳啓源はこれに依拠していると思われる。なお、鄭玄が『毛詩』以前に学んだ『詩経』の学、および鄭玄が附した諸注釈にみえる詩説が、『斉』『魯』『韓』の諸詩、所謂三家詩のいずれにもとづくかは諸説あり、ここでは決しがたい。この問題に関する論説としては、大川節尚『三家詩より見たる鄭玄の詩経学』(関書院、一九三七年十二月)に詳しく、参照されたい。

(28) 原文は次のとおりである。
然諸家之説、固有大勝於『鄭』者。惜其書已亡不可考矣。（巻二十六「考異、釈文正義異同」）

(29) 原文は次のとおりである。文中の傍点を附した「恆」字および「説」字は、『四庫全書』所収本ではそれぞれ「順」字・「悦」字に作るが、ここでは孔子文化大全本に従い「恆」字・「説」字に改めた。
又、古今文義差殊、若胡越之不同聲矣。『毛』『鄭』字訓、率宗『爾雅』。於今似爲驚俗、在古實屬恆詮、不可易也。用古義以入今文、固難説。時人之目、彊古經以就今義、亦豈合古人之心乎。夫積字而有句、積字句而有篇章。字訓既譌、篇指或因以舛。非小失也。（巻一「敍例」）

(30) 原文は次のとおりである。文中の傍点を附した「而」字は、『四庫全書』所収本では「爲」字に作るが、ここでは孔子文化大全本に従い「而」字に改めた。
『爾雅』始於周公、而子夏之徒述而成之。（巻二十六「考異、爾雅毛伝異同」）

(31) 原文は次のとおりである。
其『爾雅』所未備、又頼『毛傳』釋之。（巻二十七「正字、字義」）

(32) 原文は次のとおりである。文中、特に傍点を附した「釋」字は、『四庫全書』所収本では「訓」字に作るが、ここでは嘉慶刊本・『皇清経解』所収本に従い「釋」字に改めた。

讀書須識字。讀古人書、尤須識古人字。古今之字音形多異、義訓亦殊。執今世字訓、解古人書、譬猶操蠻粤郷音、譯中州華語、必不合也。夫字形之異、則古文・大小篆、猶存於『説文解字』及鐘鼎之銘。……古人字訓、其存於今者、僅有『爾雅』之「釋詁」「釋言」「釋訓」三篇。『爾雅』之書、固爲六藝之指歸、尤屬四詩之準的。(巻二十七「正字、字義」)

(33) 原文は次のとおりである。

其所取正、主於『説文』、輔以『蒼』『雅』、參以鐘鼎碑刻之文、崇典也。(巻二十七「正字、字形」)

(34) たとえば、林慶彰『明代考拠学研究』第三章「楊慎」および第八章「陳第」(台湾学生書局、一九八六年十月修訂再版、三九～一三〇頁および三九一～四三〇頁)に詳しく、参照されたい。

(35) 該当する『爾雅』および『広雅』の記述はそれぞれ次のとおりである。

…假…、大也。(『爾雅』「釈詁上」)

…皇皇…、美也。(『爾雅』「釈詁下」)

…皇…、美也。(『広雅』巻一上「釈詁」)

(36) 原文は次のとおりである。

國朝通儒、若顧亭林・陳見桃・閻百詩・惠天牧諸先生、始篤志古學、研覃經訓、由文字・聲音・訓詁而得義理之眞。(『潜研堂文集』巻二十四「臧玉林経義雑識序」)

(37) 原文は次のとおりである。

『詩』中鳥獸草木之名、當以『爾雅』爲證。(『潜研堂文集』巻六、答問三「詩」第二条)

(38) 原文は次のとおりである。

秸鞠爲鳲鳩、見於「釋鳥」、不聞別有拙鳥名鳩者。(『潜研堂文集』巻六、答問三「詩」第二条)

(39) 原文は次のとおりである。

善乎呉江陳氏之言曰、「布穀之名鳩、載在經傳、歴有明徵。若拙鳥者、不詠於『詩』、不著於『爾雅』、又不在『左傳』「五鳩」之列……且未聞言婦德者、徒取其拙也」。斯爲解頤之論矣。(『潜研堂文集』巻六、答問三「詩」第二条)

(40) 原文は次のとおりである。

欲窮『六經』之旨、必自『爾雅』始。（『潜研堂文集』巻三十三「与晦之論爾雅書」）

(41) 原文は次のとおりである。
自古文不傳于後世、士大夫所頼以考見六書之源流者、獨有許叔重『説文解字』一書。（『潜研堂文集』巻二十七「跋説文解字」）

(42) 原文は次のとおりである。
見通經道古之士、靡不重是書。……余嘗謂、紹鄭・荀・虞易學、定宇『易漢學』『周易述』稱最、紹毛・鄭詩學、是書稱最。……學『詩』不習毛・鄭與不學同、而不習是書、猶斷港絶潢、蘄至于海。豈不誖哉。（『春融堂集』巻四十三所収「跋稽古編」）

(43) 王昶の書斎「鄭学斎」に関して、たとえば戴震が次のような記述を残している。
王蘭泉舍人爲余言、始爲諸生時、有校書之室、曰鄭學齋、而屬余記之。今之知學者、説經能駸駸進於漢、進於鄭康成氏、海內蓋數人爲先倡、舍人其一也。（『東原文集』巻十一「鄭学斎記」）

(44) 原文は次のとおりである。
篇義宗「小序」、釋經宗『毛』『鄭』、故訓本之『爾雅』、字體正以『説文』。志在復古力排無義。……豈非實事求是之學哉。……近世學者、不知此書、惟惠定宇徵君、亟稱之、於是海內好學之士、始知轉抄藏弆。……同時元和惠君研谿、著『詩説』、發明古義、與陳氏不謀自合。蓋我朝稽古右文、儒者崇尚實學、二君實啟之。（阮元「毛詩稽古編序」）

第五章　『毛詩稽古編』における詩序論

はじめに

前章では、陳啓源『毛詩稽古編』における『詩経』解釈の手法およびその主張の特色について考察を加えたが、その過程において、陳啓源の学術が清朝乾嘉期以降の学界で肯定的に受容されていた事例を確認した。乾隆年間以降の、同書に対する反応および評価に関しては、たとえば阮元（一七六四〜一八四九）が嘉慶十八年刊本に寄せた序文において

近世の学者、此の書を知らず。惟だ恵定宇徵君、亟々之を称し、是に於いて海内好学の士、始めて知りて転抄し蔵弆す。(1)（「毛詩稽古編序」）

と述べていることに注目しておきたい。阮元によれば、恵棟（字、定宇。一六九七〜一七五八）の称賛を契機として、『毛詩稽古編』は世人に知られるようになったという。やがて『毛詩稽古編』が刊刻されると、阮元の他、李富孫（一七六四〜一八四三）や胡承珙（一七七六〜一八三二）等々、幾多の学者が『毛詩稽古編』に序文や跋文を寄せたのであるが、これらの点から、陳啓源ならびに『毛詩稽古編』が、清朝の乾隆・嘉慶年間（一七三六〜一八二〇）、所謂

乾嘉期以降の学界において注目される存在であったことがうかがえる。

『毛詩稽古編』がこのように注目されるようになった一因については、前章において考察を加えたとおりである。結果として、『毛詩稽古編』において用いられていた陳啓源の実証的な学問手法が、乾嘉期の学風と合致したため肯定的に受容されたことが確認できたが、陳啓源の詩経学については、また新たな角度から検討する余地が残されている。

そのひとつとして、陳啓源の『詩序』に対する考え方、換言すれば、詩序論が挙げられる。『詩序』は詩経学における重要な命題であり、たとえば、皮錫瑞（一八四九〜一九〇八）の著作『経学通論』に依ると、『詩序』は、『詩経』を難解たらしめるものであり、古来その是非が議論されてきたという。[2] そこで、『毛詩稽古編』を紐解いてみると「「小序」無くんば則ち『詩』読むべからず」[3]（巻二十五「総詁、挙要、小序」）のように叙述されていることから、陳啓源が『詩序』、とりわけ各々の詩篇の冒頭に附された「小序」の必要性に注目していたことがわかるが、陳啓源は、果たして如何なる背景のもと、如何なる根拠から、『詩序』を尊重する立場を表明したのであろうか。

そこで本章では、陳啓源が『詩序』を重要視した要因について検討を加えることによって、彼の詩序論とその特徴を明らかにし、彼の詩経学を解明する一助としたい。その上で、陳啓源の詩序論が、清代詩経学史においてどのように位置づけられるか、この点についても論及し、彼の詩経学が如何なる時代的価値を持ちえていたのかについても触れてみたい。[4]

一　『詩序』を重視する要因

まず論の端緒として、陳啓源が『毛詩稽古編』において、『詩序』をどのような資料として把握し、『詩序』にどのような意義を見出しているのか、考察してみたい。

陳啓源は、欧陽脩（字、永叔。一〇〇七～七二）が『詩本義』巻一「麟之趾」において、『詩序』と孟子について論じた一節を引用して、次のように述べている。

　欧陽永叔言う、「孟子、『詩』の「世」を去ること近くして最も善く『詩』を言い、其の説く所の『詩』義と今の『序』意とを推すに、多くは同じ」と。斯の言、信なり。[5]（巻二十五「総詁、挙要、小序」）

欧陽脩は、孟子による『詩経』の解釈と、『詩序』による解釈とを比較・検討したところ、それらの多くが内容的に合致しているとの見解を示したが、陳啓源もこれを肯定するのである。

更に陳啓源は、孟子の学説と『詩序』との関係について、孟子が提唱する読詩法を挙げ、次のように検証を進める。

　源、因りて諸を孟子の論ずる所の読詩の法に考うるに、其の要は二端に外ならず。一に曰く、「其の『詩』を誦するに其の人を知らざるは、可ならんや。是を以て其の「世」を論ず」[6]と。一に曰く、「『詩』を説く者は、文を以て辞を害なわず、辞を以て「志」[7]を害なわず」[8]と。然らば則ち『詩』を学ぶ者は、必ず先ず詩人の、何れの時に生き、何れの君に事え、且つ何れの事に感じて『詩』を作れるかを知り、然る後、其の『詩』、読むべきなり。誠に此くの如からんことを欲すれば、「小序」を舎きて、奚に由りて入らんや。[9]（同右）

文中、陳啓源は、孟子の挙げた二点の読詩の方法を紹介し、その上で、詩が詠まれた当時の状況や社会情勢を熟知し、詩を詠んだ者がその詩にこめた真意や主張を理解して初めて『詩経』解釈は可能となる、『詩序』はそのためにも不可欠の存在である、と主張しているのである。

続いて陳啓源は、孟子による読詩法が『詩序』の媒介を必要とする根拠について、次のように述べている。

夫れ「世」を論じて方めて『詩』を誦すべきも、『詩』自ら其の「世」を著さず。「志」を得て方めて『詩』を説くべきも、『詩』又自ら其の「志」を白さず。後の『詩』を学ぶ者をして、何に自りてか入らしむる。古の国史の官、早に慮ること此に及ぶ。故に『詩』に載せざる所の者は、則ち之を『序』に載す。……故に『詩』、以て『序』を無みすべからざる有るなり。『序』を舎きて『詩』を言うは、此れ孟子の所謂、「志」を害なう者なり。[10]（同右）

ここで陳啓源は、孟子の読詩法を、「世」と「志」という言葉に集約した上で、『詩序』の由来についての持論を展開する。『詩経』にみえる詩そのものは、時代背景である「世」と、詩人の真意である「志」を明確には表現していないために、『詩経』の解釈は困難を極める。ところが、歴史編纂官である国史が、そのことに逸早く気づいていた。そこで国史は、詩に明確には表現されていない寓意や時代背景、詩人の真意等を文章として記録したのである。陳啓源は、原初の『詩序』がこの国史の記録に由来するものであると考え、「「首序」に至りては則ち采風の時、已に之有り[11]」（同右）と述べ、『詩経』の詩が採集された当時には『詩序』が存在していたと推定している。

つまり、『詩序』はその淵源に、「世」と「志」を内包している文章であり、そうであるからこそ、『詩経』解釈には不可欠の資料である、と陳啓源は認知していたこととなる。

原初の『詩序』は国史に端を発する、という陳啓源の見解がここに明らかになったが、では今日我々が目にすることのできる『詩序』は、どのような過程を経て成立したと陳啓源は理解していたのであろうか。この点に関しては、陳啓源の「『詩序』は伝わること子夏の徒よりし、師授歴歴たり」[12]（巻十七「大雅、大明」）という叙述が参考となる。子夏は孔子の高弟であり、しばしば『詩経』の成立と関連づけて語られるが、その子夏や子夏の弟子達の手を経て『詩序』が伝承した、と陳啓源は推察しているのである。

ただし陳啓源は、子夏については「『序』、縦い子夏の作に非ざるも、然れども其の来ること古し」[13]（巻十六「小雅、都人士」）との見解も示している。『詩序』が子夏の徒によって伝承されたことは間違いないにしても、その作者が子夏に限定されないこと、および『詩序』の淵源は子夏より更に遡及する可能性があることを主張しているのである。

如上の考察により、陳啓源が『詩序』に依拠するその主な要因を整理しえたが、ここで一例を挙げて、陳啓源の詩序論が『毛詩稽古編』においてどのように発揮されているのか、具体的に検証したい。陳啓源は、「鄭風、叔于田」および「大叔于田」を解釈して、次のように述べる。

両叔于田、其の詞を玩ずるに、皆大叔を美す。而れども『序』に、「荘公を刺る」と云う。噫、此れ『詩』の『序』を無みす可からざるなり。段の美せらるるは、飲酒のみ、搏獣のみ、射御・足力のみ。之を美して乃ち以て之を譏るなり。然れども段の此を以て能と為すは、荘公の過なり。『左氏』の所謂、教を失うを譏るなり。『序』、微かりせば、則ち『詩』の「志」は、将に詞を以て害なわれんとす。[14]（巻五「鄭風、叔于田」）

当該の両詩は、鄭の荘公の弟である大叔段を詠った詩である。両詩の一節に、たとえば「叔に如かざるなり、洵に美しく且つ好し」（「叔于田」）、「轡を執ること組むがごとく、両驂は舞うがごとし」[15]（「大叔于田」）とあるように、これら両詩は大叔段の容姿や武藝を称賛する詩と解しうる。ところが陳啓源はここで、両詩の『詩序』の記述「荘公を刺る」[16]が、『春秋左氏伝』にみえる荘公と段の係争にまつわる記述と合致することに着目する。[17]そこから、段が内面の徳ではなく、表面的な技藝ばかりを称賛されていることはつまり、段の人間性に対する非難の裏返しであり、また、段をたとえ表面的にとはいえ称賛することにより、その兄でありながら段を教化することができなかった荘公を批判する詩である、と解釈する。その上で陳啓源は、『詩序』がなければ、詩は表面的な解釈しか行われず、その真意が損なわれてしまうため、『詩経』を読解するには、詩の「世」と「志」を含有する文章である『詩序』が不可欠である、と結論づけているのである。

二　『詩序』の起源に関する議論

陳啓源は『詩序』を尊重する理由のひとつとして、『詩序』の由来が詩を採集した当時に遡ることを挙げていた。『詩経』解釈に『詩序』を用いることの是非は、その資料としての出自や信頼性を根拠に判断できるからである。

しかし、『詩序』の起源・出処やその作者の論定に関しては、古来諸説紛糾しており、未だ定説をみないのが現状である。(18)それゆえに、個人の主張や時代の思潮によって、『詩序』そのものの評価に大きな差異が生じていたことは想像に難くない。

そこで本節では、陳啓源の活躍時期である明末清初に至るまでの、『詩序』の起源に関する学説の推移とそれに附随する問題について整理し、陳啓源の在世時に『詩序』が置かれていた立場を明らかにすることによって、陳啓源の詩序論が持つ時代的意義の解明、およびその清代詩経学史上の位置づけを試みるための一助としたい。

陳啓源が前節にて自説の根拠としたように、孔子や子夏といった古代の聖賢の手を経て『詩序』が成立したとする伝統的な学説がある。[19] その一例として南北朝時代の沈重（五〇〇〜五八三）の言を挙げたい。

沈重云う、「鄭『詩譜』の意を案ずるに、「大序」は是れ子夏の作、「小序」は是れ子夏・毛公の合作なり。卜商、意尽くさざる有り、毛、更に足して之を成す」と。[20]（陸徳明『経典釈文』毛詩音義上「周南、関雎」所引）

ここでは、『詩序』は子夏と毛公に由来するものであるという考えが述べられている。また、沈重のころからやや降った唐代になると、欽定の経書解釈書として『五経正義』が編纂されたが、そのひとつである『毛詩正義』は、『詩序』を内包するものであった。ここから当時、『詩序』が重用されていたことがうかがえるであろう。

他方、『詩序』はそれら聖賢よりも後代の学者の手によるものとする学説がある。『後漢書』「衛宏伝」に、

初め、九江の謝曼卿、『毛詩』を善くし、乃ち其の訓を為す。宏、曼卿に従い学を受け、因りて『毛詩序』を作り、善く風雅の旨を得、今に于て世に伝わる。[21]

とある記述にもとづき、『詩序』は後漢の学者、衛宏の作とする学説である（以下、「衛宏作『詩序』」説と表記する）。この記載が事実であるならば、『詩序』はその古典性を喪失し、その資料価値にも疑問が生ずることとなるであろう。

この「衛宏作『詩序』」説について、南宋の鄭樵（字、漁仲。一一〇四〜六二）は、「詩序辨」において是認した上で、さらに『詩序』の作者に関して次のような考証を加えている。

「小序」は衛宏に作らると謂うは、是なり。……而して題下の『序』は、則ち衛宏、謝曼卿に従い、師説を受けて之を為すなり。案ずるに『後漢』「儒林伝」に、「衛宏、字は敬仲、謝曼卿に従い『毛詩』を学び、因りて『毛詩序』を作り、善く風雅の旨を得、今に於いて世に伝わる」と云う。……惟うに宏『序』、東漢に作らる。故に漢世の文字、未だ『詩序』を引く者有らず。惟だ黄初四年、「曹共公、君子を遠ざけ小人を近づく」の語有り。蓋し魏は漢より後る。而して宏の『序』、是に至りて始めて行わるるなり。[22]（『六経奥論』「詩

序辨」）

文中、二点の根拠を挙げて、『詩序』の作者が衛宏であることを述べている。漢代の文献に『詩序』の引用がみられないこと、および『詩序』の引用の端緒として、「曹風、候人」の「小序」が、魏の黄初四年（二二三）の詔の中に「共公、君子を遠ざけ小人を近づく」として用いられていることである。[23]

要するに、『詩序』は衛宏の作とする『後漢書』の記述に考証を加えて、衛宏が『詩序』を作成したと考えられる後漢の前後に、『詩序』の引用の有無が整合的に確認できることを根拠として、衛宏を『詩序』の作者と認めているのである。

鄭樵の、右のような学説の影響を受けた学者としては、南宋の朱熹（一一三〇～一二〇〇）が挙げられる。朱熹は、鄭樵の影響を受けて『詩序』そのものに疑問を持つに至ったことを次のように述べる。

> 『詩序』は実に信ずるに足らず。向に鄭漁仲に『詩辨妄』有り、力めて『詩序』を詆り、其の間の言語太甚だしく、以て皆是れ村野妄人の作る所と為すを見る。始め亦之を疑うも、後来、子細に一両篇を看、因りて之を『史記』『国語』に質し、然る後、『詩序』の果たして信ずるに足らざるを知る。[24]（『朱子語類』巻八十、詩一「綱領」第四十条）

朱熹は、鄭樵『詩辨妄』にみえる『詩序』に対する激しい排撃に半信半疑であった。[25] しかし、後に自ら検証した結果、『詩序』の資料的価値に疑念を抱くようになったというのである。やがて朱熹は『詩集伝』を著し、そこでは『詩序』を掲げない『詩経』解釈を試みる。次いで『詩序辨説』では『詩序』に対する批判をまとめ、『詩経』解釈から『詩序』を排斥することを繰り返し主張するのであるが、果たして朱熹はどのような考えに依って『詩序』を退けたのであろうか。

そこで、朱熹が『詩序』を否定するに至った要因について、その著作から検討してみたい。朱熹は、『詩序辨説』の序文において次のようにいう。

> 『詩序』の作は、説者同じからず。……唯だ『後漢書』「儒林伝」、以て衛宏、『毛詩序』を作り、今、世に伝わると為す。則ち『序』は乃ち宏の作なること明らかなり。[26]

ここで朱熹は、『後漢書』の記述に依拠し、『詩序』が衛宏の手に成ることを断じている。更に朱熹は、「某、又看得するも亦是れ衛宏一手の作ならず、多くは是れ両三手合して一『序』を成す[27]」（『朱子語類』巻八十、詩一「綱領」第三十六条）、「某の『詩伝』、「小序」を去るは、以為えらく此れ漢儒の作る所なればなり[28]」（『朱子語類』巻二十三、論語五、為政篇上「詩三百章」第七条）と述べている。つまり朱熹は『後漢書』の記述を篤信した上で、『詩序』が漢儒、すなわち衛宏とその徒の手によるものであり、資料としての信頼性に疑念の残るものであることを理由として、自らの著作『詩集伝』から『詩序』を排除したのである。[29]

これらの点から推察するに、朱熹が「衛宏作『詩序』」説を切っ掛けとして、『詩序』に対する批判的な観点を持って『詩経』を読解することにより、『詩序』の資料的価値を否定するに至ったことは明らかである。[30]

朱熹『詩集伝』は、『詩序』を含む『毛詩正義』が古注と呼称されるのに対し、新注と呼称されるようになる。この新注は「是れより以後、『詩』を説く者は、遂に攻『序』・宗『序』の両家に分かれ、角立し相争う[31]」（『四庫全書総目提要』経部詩類一「詩集伝」）という状況を引き起こし、以降、『詩序』の存廃が詩経学のひとつの論題として議論されることとなったのである。

元代に入ると、朱子学は皇慶二年（一三一三）に、朝廷における官吏登用の規範学問、所謂官学に定められた。こうして、『詩経』を学ぶ者にとって、新注は大きな影響力を有するようになるが、元代には依然として『詩序』を含んだ古注も兼用されていた。[32]

しかし明代には「『詩』は朱子『集伝』を主とす。……永楽の間、『四書・五経大全』を頒き、『註疏』を廃して用いず」(『明史』「選挙志」)[33]とあるように、永楽十三年(一四一五)に、朱子学系の解釈をその骨子とする『四書大全』『五経大全』が編纂された。『詩経』については『詩伝大全』が編まれて、古注は科挙から撤廃されることとなった。[34]そして続く清朝は明朝の制度を基本的に引き継いだため、詩経学における新注の権威も保持されることとなった。[35]

このような経緯から、元代以降、少なくとも科挙を志す知識人の間では、古注に依らず新注に依る『詩経』解釈が周知のことであったと考えられる。

また、科挙の基準解釈としての『詩集伝』および『詩伝大全』の通行に伴い、朱熹が『詩序』を否定する契機となった「衛宏作『詩序』」説の存在も、知識人達に認知されていたものと推察される。[36]明末清初における「衛宏作『詩序』」説の認知の実態について幾つか具体例を挙げるならば、たとえば、陳啓源とほぼ同時代の学者であり、博学で知られる顧炎武(一六一三〜八二)が、「衛宏作『詩序』」説に触れて、次のように述べている。

漢人、自作の書を以てして托して古人と為すを好む。張霸の『百二尚書』、衛宏の『詩序』の類、是れなり。[37]

(『日知録』巻十八「竊書」)

顧炎武は、衛宏が『詩序』を作り、古代の聖賢に仮託したと考えている。顧炎武が「衛宏作『詩序』」説を肯定的に受容した上で『詩序』を取り扱っていたことが、ここから看取できる。

また、『尚書』研究で著名な閻若璩(一六三六〜一七〇四)も、『古文尚書』に関する考証を試みた際に、次のように「衛宏作『詩序』」説に言及している。

今、安国、『魯』を舎きて『毛』に従うは、其れ家法に循わざる者か、抑(はた)魏晋の間、『魯詩』已に寖(ようや)く微となりて、『毛詩』方(はじ)めて大いに世に顕れ、遂に此れより出ずるを覚えざるか。葉夢得「漢代の文章、『詩序』を引くこと無し。惟だ黄初四年「共公、君子を遠ざけ小人を近づく」の説有り。蓋し魏は漢より後る。衛宏の

『詩序』、是に至りて始めて行わる」と謂う。[38]此れも亦一つの切証と云う。[39]（『尚書古文疏証』巻二、第二十二）

ここで閻若璩は、『尚書』に関する持論を立証する根拠として「衛宏作『詩序』」説を提示している。若干、補足説明すると、文中の孔安国は、詩経学に関しては『魯詩』の流れを汲む学者といえる。ところが、その孔安国が注を附したといわれる『古文尚書』においては、本来なら『魯詩』に依って『詩経』を解釈すべきところを、『魯詩』より後世の学派に当たる『毛詩』に依っているのである。閻若璩はこの矛盾点を指摘した上で『古文尚書』が後世の偽作であることを論じた訳であるが、その根拠として、『毛詩』が流行したのは魏晋に入ってからのことである点と、衛宏が『毛詩序』を作り、その影響が三国時代、魏のころから、典籍に引用される形でみられるようになった点を挙げている。ここから、閻若璩が「衛宏作『詩序』」説を、自説の根拠として肯定的に受容していたことは明らかである。[40]

ちなみに、後ほど検討を加えるが、閻若璩が引用している学説は、先掲の「詩序辨」において「衛宏作『詩序』」説の是非を考証する際に用いられていたものである。ここにいう葉夢得（号、石林。一〇七七〜一一四八）は、鄭樵に先んずる宋代の学者であり、実はこの説は葉夢得に端を発するものである。[41]

如上の考察から、宋代以降、葉夢得や鄭樵、朱熹らが「衛宏作『詩序』」説を認知した上で、それをひとつの契機として『詩序』の資料的価値を否定したこと、朱熹『詩集伝』の流布により、『詩序』の存廃が議論されるようになったこと、元代に朱子学が官学となり、明代には『詩序』を含む古注が科挙から撤廃されたことに加えて、明末清初の学界において「衛宏作『詩序』」説が肯定的に受容されていた事例が確認できた。

三　『詩序』の由来に関する考証

「衛宏作『詩序』」説が、明末清初の学界において周知の学説であったことは、前節の考察から推測できる。そのような時代背景のもとで、陳啓源が、『詩序』は採詩の当時に淵源を持つ由来の古きものである、と主張し、頑なに『詩序』を擁護したのは、如何なる知見によるものであろうか。

そこで本節では、陳啓源がどのような妥当性を確認した上で『詩序』に依拠していたのか、その要因について検討を加えることにより、陳啓源の詩序論が有する特色を、より一層明らかにしてみたい。

まず手始めに、次の一文を提示したい。陳啓源は、「小序」の成立および伝授に関する自身の見解を、以下のように述べている。

「小序」、伝わること漢初自りし、其の「後序」、或いは後儒の増益に出ずるも、「首序」に至りては則ち采風の時、已に之有り。由りて来たること古し。其の、某詩を指し、某君の事、某人の作と為すは、皆師説相伝うること此くの如し。臆説に非ざるなり。[42]（巻二十五「総詁、挙要、小序」）

この叙述で留意したいのは、冒頭、陳啓源が「小序」の伝承を、遅くとも漢初のころからであると断じている点である。また、陳啓源は「小序」について、その首句を「首序」、以降を「後序」と呼称した上で、「後序」に関しては、漢代以降の学者による改竄の可能性を否定していない。しかしながら、「小序」の根底部分である「首序」は、国史の官が詩を採集した際には存在していたと、陳啓源は主張している訳である。

漢初の時点における「小序」の伝授について、陳啓源は確信を持っているようである。その根拠に関して、陳啓源は『毛詩稽古編』において、次のような考証を示している。

王伯厚『困学紀聞』、葉氏〔筆者注：葉夢得〕の語を引きて謂う、「漢世の文章は、『詩序』を引く者無し。魏黄初四年の詔に「曹風、君子を遠ざけ小人を近づくるを刺る」と云えば、蓋し『毛詩序』、此に至りて始めて行わる」と。案ずるに葉語は是に非ず。司馬相如の「難蜀父老」に「王事未だ憂勤に始まり、而して逸楽に終わらずんばあらず」と云うは、此れ「魚麗」の『序』なり。班固の「東京賦」に「徳広の被むる所」と云うは、此れ「漢広」の『序』及び「鼓鐘」の『毛伝』なり。一は武帝の時に当たり、一は明帝の時に当たる。皆、『序』の語を用う。漢世に非ずと謂うべけんや。[43]〔巻九「小雅、魚麗」〕

陳啓源は、南宋の王応麟〔字、伯厚。一二二三～九六〕の著作『困学紀聞』にみえる、葉夢得の『詩序』に関する所論を採り上げ、その上で新たな例を提示して考証を試みている。ここにみえる葉夢得の所論は、本章第二節にて挙げた、「衛宏作『詩序』」説の考証における論拠となった学説である。陳啓源は、漢代の文章にみえる『詩序』の引用例を挙げることにより、葉夢得の主張、換言すれば「衛宏作『詩序』」説そのものに、疑義を呈したのである。

具体的に述べると、まず葉夢得は、漢代の文献資料に『詩序』を引用する例がみられないことと、衛宏が『毛詩』の学を学んだと推測される時期以後に『詩序』の引用例がみられることを論拠として、『後漢書』の記述を肯定し、『詩序』は衛宏によって作成され、その後に引用されたと考証している。これに対して陳啓源は、「小雅、魚麗」の「小序」である「憂勤に始まり逸楽に終わる」が、前漢の司馬相如「難蜀父老」にみえることと、「周南、漢広」の「小序」である「漢広は、徳広の及ぶ所なり」が、後漢の班固「東都賦」にみえることを反証として、「衛宏作『詩序』」説の論拠を否定し、葉夢得の考証による『詩序』の成立時期の特定が認められないことを主張しているのである。

つまり、葉夢得が、『詩序』はその成立後に諸文献に引用される、とする観点から、『詩序』の引用の時間的前後関係に着目して考証を試み、衛宏を『詩序』の作者と比定していたのに対し、陳啓源が、衛宏の在世以前に『詩序』の引用例が確認できることを考証したため、葉夢得の学説がここに覆されることとなった訳である。

しかし、「衛宏作『詩序』」説を顧みるに、『後漢書』「衛宏伝」に明確な記述が存することから、衛宏が、先行する諸文献から材料を採集して『詩序』を作成した、とも考えうる点については否定することができない。

そこで、この問題に対する陳啓源の見解を考察すべく、次の一文を提示する。陳啓源は、『詩序』が各々の詩の冒頭に附記されていることに触れ、以下のような詩序論を述べている。

> 『詩序』、本は自ら一編を為す。毛公分かちて篇首に寘くは、本より読むに便あらんことを欲するのみ。他意無きなり。……源謂えらく、『序』は注に非ず。此れ自ら宜しく経の前に寘くべし。注は文に順い義を釈するのみ。未だ其の文を読まざれば、庸て其の義を尋ぬる無きなり。『序』の指す所の若き者は、乃ち作詩の「世」と其の人、之を作るに及ぶの故と、苟しくも未だ此れに明らかならざれば、之を誦して篇を終うと雖も、茫として言う所は何の事なるか、之を言う者は何の意なるかを知らざるなり。惟うに『序』を得て始めて暁然たり。故に之を篇首に寘き、読者をして先ず焉を観しむれば、則ち経に於いては入り易し。(44)（巻二十五「総詁、挙要、小序」）

ここで陳啓源は、『詩序』が元来一編の書物であったことと、『毛伝』を著した毛公(45)が、『詩序』を『詩経』解釈の便宜のために分割し、詩の冒頭に附記したことを主張している。これは鄭玄の「毛公、『詁訓伝』を為るに至り、乃ち衆篇の義を分かち、各々其の篇端に置くと云う」(46)（「小雅、南陔」「小序」「有其義而亡其辞」「鄭注」）という言にもとづくものである。つまり陳啓源は、『後漢書』の「衛宏作『詩序』」説に依拠せず、この鄭玄による記述に依拠することによって、『詩序』が毛公よりも前代から存在していたことを断じているのである。

如上の整理を通して、陳啓源が、『詩序』の起源は毛公以前に由来するという学説を鄭玄から踏襲していた点と、「小序」の引用と考えられる文献資料が、前漢の時期まで遡って存在することから、葉夢得の学説に疑義を呈し、「小序」の由来は遅くとも前漢以前に位置づけられると考証していた点が明らかとなった。

この考証を前提条件として組み立てられた陳啓源の詩序論は、「衛宏作『詩序』」説の論拠を否定するものである。それはつまり、陳啓源の詩序論が、宋代以降議論され続けた『詩序』にまつわる論争に、ひとつの終着点を導き出しうるということである。

要するに陳啓源は、一連の考証学的手法による論究と併せて『後漢書』の記述に依拠せず鄭玄の言を篤信することによって、衛宏のもとから『詩序』を解放して、詩経学における『詩序』の資料価値を明末清初の学界に再確認したのである。これこそが陳啓源の詩序論における最大の特質といえるであろう。

小　結

本章では、陳啓源がその著作『毛詩稽古編』において主張した詩序論について検討を加え、その特色について考察を試みた。結果として、陳啓源が『詩経』解釈において『詩序』を重要視した根拠と、『詩序』の由来に関する幾つかの特徴的な学説が存することが明らかとなった。

まず、陳啓源が『詩序』に見出した意義について整理を施した。そこから陳啓源が、詩にまつわる様々な状況や社会情勢を明白にし、詩にこめられた詩人の真意や主張を正確に読み解いてこそ『詩経』は解釈しうる、という孟子の読詩法に賛同したことと、それに加えて陳啓源が、この孟子の主張を「世」および「志」という表現に凝縮し、自身の『詩経』解釈における規範としたことが明らかとなった。

また陳啓源は、『詩序』が国史の当時に由来し、子夏の門弟達の手を経て伝承したと推察し、そこから、『詩序』こそ詩の「世」と「志」をその淵源に含有する、『詩経』解釈に不可欠な資料であると認知し、『詩序』を用いた『詩経』解釈を実践していたことが確認できた。

続いて、陳啓源の在世時に、その詩序論が置かれた立場を解明すべく、清初までにみえる『詩序』の起源に関する諸学説について整理を施した。その結果、まず宋代、葉夢得や鄭樵らが、『後漢書』の記述に依拠する「衛宏作『詩序』」説を提唱したことにより、『詩序』の資料的価値を疑う動きが起こったこと、その後を受けた朱熹『詩集伝』の通行により、『詩序』の存廃に関する議論が行われるようになったことが確認できた。更に明代には官学としての詩経学から『詩序』が撤廃され、清初には顧炎武や閻若璩のような知識人達が「衛宏作『詩序』」説を受容し肯定していたことも確認できた。

このような背景下において、なお陳啓源が『詩序』に依拠した要因に関し、更なる考察を試みたところ、陳啓源が、『後漢書』の「衛宏作『詩序』」説を裏付ける葉夢得の考証に対して、前漢の文献資料にまで遡って「小序」の引用が確認できることを反証として、『詩序』を衛宏の作とみなすことに疑義を呈していたことが明らかとなった。葉夢得の「衛宏作『詩序』」説は、『詩序』成立の時間的前後関係に着目して、『詩序』が完成した後に諸文献に引用される、との観点に立脚して、『詩序』の引用が衛宏の活躍時期以後からみられることを例証し、『詩序』を衛宏に帰属させたのであるが、この論法が陳啓源によってここに否定されたことは、特筆すべきことであろう。

しかし、「衛宏作『詩序』」説について、『後漢書』「衛宏伝」にみえる記事に鑑みるに、衛宏が先行する諸文献から材料を採集して『詩序』を作成した、とする論法は否定できない。

この点に関しては、陳啓源が、鄭玄の言を採り上げ、それに依拠することにより、『詩序』は毛公以前に端を発する、と断じていることが確認できた。

要するに陳啓源は、『後漢書』の記事ではなく鄭玄の言を篤信することによって、衛宏を『詩序』の作者とは認めず、一連の考証の結果と併せて、『詩序』の詩経学における資料価値を明末清初の学界に再確認したのである。これこそ陳啓源の詩序論における最大の特色である。

如上の検討から、陳啓源が、清初に至る学界において周知の学説であった「衛宏作『詩序』」説に考証を試み、それを否定して採用しなかったこと、それらの考証を踏まえた上で『詩序』を、古くは国史の官に由来する、詩の真実や詳細を含有する文と推察し、自らの規範である孟子の読詩法に則った『詩経』解釈における必須の文として尊重したことが明白となった。陳啓源の詩序論はかくして形成されたのである。

無論、『詩序』の存廃が議論され始めた宋代以降、陳啓源に先んじて、『詩序』による『詩経』解釈を試みた学者が存在しない訳ではない。(47)だが、陳啓源が『詩序』を重要視するのは、自らの考証から導かれた詩序論がその裏付けとしてあったからこそであり、この点において、陳啓源は彼より以前の、『詩序』を盲信する学者達とは一線を画しているといえるのである。

この陳啓源の『詩序』に対する考究は、後代の学者からどのように評価されているのであろうか。この点に関しては、考証学者として名高い銭大昕(一七二八〜一八〇四)の言を一例として提示しておきたい。

銭大昕は『十駕斎養新録』において『詩序』の由来を論じているが、その際にまず『困学紀聞』にみえる葉夢得の論、つまりは「衛宏作『詩序』」説の根拠を引き、次いで、前節にて先掲の『毛詩稽古編』巻九「小雅、魚麗」にみえる陳啓源の所論を反証として引用している。

ここで銭大昕は「近儒陳啓源、始めて之を非として云わく……」(48)(巻一「詩序」)と述べ、陳啓源が清朝乾嘉期に至る詩経学史上、初めて「衛宏作『詩序』」説に対する反証を挙げたことを強調した上で「愚、謂えらく、宋儒は

『詩序』を以て衛宏の作と為す。故に葉石林に是の言有り。然れども司馬相如・班固、皆、宏の前に在り。則ち『序』の宏より出でざるは、已に疑義無し」(同右)と断じ、「衛宏作『詩序』」説が、陳啓源による考証の結果、すでに論破されていることを明示している。[49]これは銭大昕が陳啓源の考証を、『詩序』の由来に関する肯定的論証の端緒に位置づけ、評価したことに他ならない。[50]つまり陳啓源の考証は、清初の当時のみならず、少なくとも乾嘉期に至るまでの詩経学史において、異彩を放つ学説であったといえよう。

この点も併せて鑑みるに、陳啓源の詩序論は、清代の詩経学史上における実証的学問の先駆として、以降の『詩序』に依拠する学説を導き出した、いわばひとつの転換点として位置づけられるのではないだろうか。

(1) 原文は次のとおりである。
近世學者、不知此書、惟恵定宇徵君、亟稱之、於是海内好學之士、始知轉抄藏弆。(阮元「毛詩稽古編序」)

(2) 皮錫瑞『経学通論』巻二、詩経、「論詩比他経尤難明其難明者有八」を参照されたい。

(3) 原文は次のとおりである。
無「小序」則『詩』不可讀。(巻二十五「総詁、挙要、小序」)

(4) 清代における詩経学の趨勢については、戴維『詩経研究史』第八章「清代『詩経』学的復古」(湖南教育出版社、二〇〇一年九月、四七五~六〇六頁)、および洪湛侯『詩経学史』第四編「詩経清学」(中華書局、二〇〇二年五月、四五七~六二一頁)等を参照されたい。たとえば戴氏は清代の詩経学を前期・中期・晩期の三期に分類しているが、要約するに、前期を「漢宋兼採期」、中期を「漢学大興・東漢古文復興期」、後期を「西漢三家今文学大興期」と規定している。洪氏もほぼ同様の内容で、清代詩経学を三期に分類しており、これらの分類に従うならば、陳啓源の活躍時期は清代前期となる。

(5) 原文は次のとおりである。
歐陽永叔言、「孟子去『詩』『世』近而最善言『詩』、推其所説『詩』義與今『序』意多同」、斯言信矣。(巻二十五「総詁、挙要、小序」)

（6）文中の引用部は『孟子』「万章章句下」に、次のようにみえる。
孟子謂萬章曰、「一郷之善士、斯友一郷之善士。一國之善士、斯友一國之善士。天下之善士、斯友天下之善士。以友天下之善士爲未足、又尚論古之人、頌其詩、讀其書、不知其人可乎。是以論其世也。是尚友也」。

（7）文中の「志」字は、諸版本では「意」字として表記されている。これは陳啓源が、父親の諱によって、文中の「志」字を、「意」字、あるいは「記」字に改めていることに起因するものである。なお、この点に関しては陳啓源の門人である趙嘉稷が『毛詩稽古編』の序文において説明を加えている。以下、本章では、該当する「意」字を、「志」字に改める。

（8）文中、引用部は『孟子』「万章章句上」に、次のようにみえる。
故說詩者、不以文害辭、不以辭害志、以意逆志。是爲得之。

（9）原文は次のとおりである。
源、因考諸孟子所論讀詩之法、其要不外二端。一曰、「誦其『詩』不知其人可乎。是以論其「世」」。一曰、「說『詩』者不以文害辭、不以辭害「志」」。然則學『詩』者、必先知詩人生何時、事何君、且感何事而作『詩』、然後、其『詩』可讀也。誠欲如此、舍「小序」、奚由入哉。（巻二十五「総詁、挙要、小序」）

（10）原文は次のとおりである。
夫論「世」方可誦『詩』、而『詩』不自著其「世」。得「志」方可說『詩』、而『詩』又不自白其「志」。使後之學『詩』者、何自而入乎。古國史之官、早慮及此。故『詩』所不載者、則載之於『序』。……故有『詩』不可以無『序』也。舍『序』而言『詩』、此孟子所謂害「志」者也。（巻二十五「総詁、挙要、小序」）

（11）原文は次のとおりである。
至「首序」則采風時已有之。（巻二十五「総詁、挙要、小序」）

（12）原文は次のとおりである。
『詩序』、傳自子夏之徒、師授歷歷。（巻十七「大雅、大明」）

（13）原文は次のとおりである。
『序』縱非子夏作、然其來古矣。（巻十六「小雅、都人士」）

（14）原文は次のとおりである。
兩叔于田、玩其詞、皆美大叔。而『序』云「刺莊公」。噫此『詩』之不可無『序』也。段之美飲酒耳、搏獸耳、射御足力耳。美之乃以譏之也。然段之以此爲能、莊公之過也。『左氏』所謂譏失教也。微『序』則『詩』之「志」將以詞害矣。（巻五「鄭風、叔于田」）

(15) 当該の「鄭風、叔于田」および「大叔于田」の句は、それぞれ次のとおりである。

不如叔也、洵美且好。（「叔于田」）

執轡如組、兩驂如舞。（「大叔于田」）

(16) 「鄭風、叔于田」および「大叔于田」の『詩序』は、それぞれ次のとおりである。

叔于田、刺莊公也。叔處于京、繕甲治兵、以出于田。國人説而歸之。（「叔于田」）

大叔于田、刺莊公也。叔多才而好勇。不義而得衆也。（「大叔于田」）

(17) 荘公と大叔段との関係は、左図のとおりである。

鄭武公 ─┬─ 荘公（鄭伯）
　　　　└─ 段（叔・大叔）

また、『春秋左氏伝』隠公元年にみえる記述は次のとおりである。

書曰、鄭伯克段于鄢。段不弟、故不言弟。如二君、故曰克。稱鄭伯、譏失教也。

つまり荘公と段の、両者の争いにおいて、段ばかりではなく荘公にも非があったことから、ここでは公という尊称を用いられずに鄭伯と呼称されており、そこから暗に荘公が批判されている、と解釈できる。陳啓源はまさにこの点が、『詩序』の記述「荘公を刺る」と整合すると考えたのである。

(18) 『詩序』の起源やその存廃に関する議論に関しては、注4にて先掲の戴維『詩経研究史』第六章第二節「南宋『詩経』研究」一～三（三二二～三七六頁）、および洪湛侯『詩経学史』第二編「詩経漢学」第三章第二節（一五六～一六三頁）等を参照されたい。

(19) たとえば『四庫全書総目提要』経部詩類一「詩序」にみえる概括によると、孔子や子夏の他、毛公や国史の官等を『詩序』の作者と考える諸説が挙げられている。

(20) 原文は次のとおりである。

沈重云、「案鄭『詩譜』意、「大序」是子夏作、「小序」是子夏・毛公合作。卜商意有不盡、毛更足成之」。（陸徳明『経典釈文』毛詩音義上「周南、関雎」所引）

(21) 原文は次のとおりである。
初、九江謝曼卿善『毛詩』、乃爲其訓。宏從曼卿受學、因作『毛詩序』、善得風雅之旨、于今傳於世。(『後漢書』「儒林列伝」)

(22) 原文は次のとおりである。
謂「小序」作於衞宏、是也。……而題下之『序』、則衞宏從謝曼卿、受師說而爲之也。案『後漢』「儒林傳」云「衞宏字敬仲、從謝曼卿學『毛詩』、因作『毛詩序』、善得風雅之旨、於今傳於世」。……惟宏『序』作於東漢、故漢世文字、未有引『詩序』者。惟黃初四年、有「曹共公、遠君子近小人」之語。蓋魏後於漢、而宏之『序』、至是始行也。(『六経奥論』「詩序辨」)

なお、この『六経奥論』には偽託説があるが、この点に関しては、江口尚純「『六経奥論』疑義」(『中国古典研究』第三十六号、早稲田大学中国古典研究会、一九九一年十二月)の中で詳論されており、参照されたい。

(23) 「曹風、候人」の「小序」は次のとおりである。
候人、刺近小人也。共公遠君子而好近小人焉。

また、『三国志』「魏書、文帝丕」に、以下のようにある。

夏五月、有鵜鶘鳥集靈芝池、詔曰、「此詩人所謂污澤也。曹詩「刺恭公遠君子而近小人」、今豈有賢智之士處於下位乎。否則斯鳥何爲而至。其博舉天下儁德茂才、獨行君子、以答曹人之刺」。

(24) 原文は次のとおりである。
『詩序』、實不足信。向見鄭漁仲有『詩辨妄』、力詆『詩序』、其間言語太甚、以爲皆是村野妄人所作。始亦疑之、後來、子細看一兩篇、因質之『史記』『國語』、然後知『詩序』之果不足信。(『朱子語類』巻八十、詩一「綱領」第四十条)

(25) 文中にみえる鄭樵『詩辨妄』は佚書となったが、顧頡剛による輯佚書『辨偽叢刊』(樸社、一九三三年七月)に所収されている。

(26) 原文は次のとおりである。
『詩序』之作、說者不同。……唯『後漢書』「儒林傳」、以爲衞宏作『毛詩序』、今傳於世。則『序』乃宏作明矣。(『詩序辨說』序)

(27) 原文は次のとおりである。

某又看得亦不是衞宏一手作、多是兩三手合成一『序』。(『朱子語類』巻八十、詩一「綱領」第三十六条)

(28) 原文は次のとおりである。

某『詩傳』去「小序」、以爲此漢儒所作。(『朱子語類』巻二十三、論語五、為政篇上「詩三百章」第七条)

(29) ただし、『詩集伝』には「故に『序』、此の詩を以て武公を美すと為し、而して今、之に従うなり」(『詩集伝』巻三、衛一之五「淇澳」)のように、朱熹が『詩序』を排斥しながら、その解釈を支持する箇所も見受けられる。この点も含めた『詩集伝』にみえる朱熹の詩経学に関しては、友枝龍太郎「詩集伝をとおして見たる朱子の思想――国風を中心として」(『朱子の思想形成』春秋社、一九六九年三月)および莫礪鋒「朱熹『詩集伝』与『毛詩』的初歩比較」(『中国古典文学論叢』第二輯、人民文学出版社、一九八五年八月)等の研究がある。後者の莫氏は当該論文にて、『詩集伝』にみえる朱熹の『詩経』解釈と『詩序』との関係について、朱熹が『詩序』の説を採用しているか否か、すべての詩篇を検討した上で、具体的に統計および図示を施して考察を加えており、参照されたい。

(30) 朱熹による『詩序』批判の概要に関しては、たとえば林葉連『中国歴代詩経学』第七章「宋朝詩経学」第三節(三)「朱熹」2(台湾学生書局、一九九三年三月、二八七～三一三頁)および檀作文『朱熹詩経学研究』第一章「朱熹詩経学釈義原則」第二節一～三(学苑出版社、二〇〇三年八月、二三～四八頁)に詳述されており、参照されたい。たとえば、後者の檀氏に依れば、朱熹は「序無理」「断章取義」「傅会歴史」の三つの観点から批判を加え、『詩序』の学術的意義を否定するに至った、と結論づけられている。

(31) 原文は次のとおりである。

自是以後、說『詩』者遂分攻『序』・宗『序』兩家、角立相爭。(『四庫全書総目提要』経部詩類一「詩集伝」)

(32) 『元史』巻八十一「選挙志」一に、次のようにみえる。

經義一道、各治一經、『詩』以朱氏爲主、『尙書』以蔡氏爲主、『周易』以程氏・朱氏爲主。已上三經、兼用古『註疏』。

また、元代における朱熹の学説の受容については、注4にて先掲の戴維『詩経研究史』第七章第一節「元代『詩経』研究」(四〇一～四二八頁)等を参照されたい。

(33) 原文は次のとおりである。

『詩』主朱子『集傳』……永樂間、頒『四書・五經大全』、廢『註疏』不用。(『明史』「選挙志」)

(34) 古注が科挙から撤廃されたことは、詩経学における『詩序』の資料価値に影響を及ぼしたと考えられるが、しかし『詩序』が全く用いられなくなった訳ではない。この点に関しては、劉毓慶『従経学到文学』上編二、2「尊序抑朱派的『詩経』研究」（商務印書館、二〇〇一年六月、七一～八四頁）の論考に依ると、宋代以降、明代中期になって『詩序』を尊重する尊序派が復活し始めたとして、その例が挙げられている。また『詩経』を含む明代の経学については、林慶彰『明代考拠学研究』（台湾学生書局、一九八六年十月修訂再版）および同書中に引用される諸氏の研究が、明代の科挙と経学の関係については、鶴成久章「明代科挙における専経について」（『日本中国学会報』第五十二集、日本中国学会、二〇〇〇年十月）等があり、参照されたい。

(35) 『清史稿』「選挙志」に、次のようにみえる。

命仍舊例。首場『四書』三題、『五經』各四題、士子各占一『經』。『四書』主朱子『集註』、『易』主程『傳』・朱子『本義』、『書』主蔡『傳』、『詩』主朱子『集傳』、『春秋』主胡安國『傳』、『禮記』主陳澔『集說』。其後『春秋』不用『胡傳』、以『左傳』本事爲文、參用『公羊』『穀梁』。

(36) 明代に編纂された『詩伝大全』は、『詩集伝』の冒頭に『詩序辨説』を附する体裁をとっている。また、清朝乾隆年間において『四庫全書』に所収された『詩伝大全』は通行本であったが、同様の体裁であることが実際に確認できる。そこから「衛宏作『詩序』」説が、『詩伝大全』の読者に認知されていることが推察できる。

(37) 原文は次のとおりである。

漢人好以自作之書而托爲古人。張霸『百二尙書』、衛宏『詩序』之類是也。（『日知録』巻十八「竊書」）

(38) 文中に引用されている葉夢得の学説は、先掲の鄭樵による学説と同一の内容であり、『詩序』の由来を論じている。葉夢得と鄭樵の学説の関係についての詳細は注22および注41を参照されたい。

(39) 原文は次のとおりである。

今、安國、舍『魯』而從『毛』、其不循家法者耶。抑魏晉間、『魯詩』已寖微而『毛詩』方大顯於世、遂不覺出此耶。葉夢得謂「漢代文章、無引『詩序』。惟黃初四年、有『共公遠君子近小人』之說。蓋魏後於漢。衛宏『詩序』至是始行」。此亦一切證云。（『尙書古文疏證』巻二、第二十二）

(40) また、閻若璩はその著作『毛朱詩説』巻一、第二条において、『詩序』のすべてが信用できるものではないことを論じている。

(41) 注22所掲の江口論文、六二頁を参照されたい。江口氏の考証に従うと、『毛詩集解』『文献通考』等に引かれている葉夢得の学説が、「詩序辨」にみえる『詩序』に関する考証を含む部分とほぼ一致すること、例証部分において『六経奥論』では葉夢得の学説の節略がみられること、王応麟『困学紀聞』に葉夢得の名で引用があることを根拠とし、「詩序辨」にみえる『詩序』の由来に関する学説は葉夢得のものであるとする。

(42) 原文は次のとおりである。
「小序」、傳自漢初、其「後序」、或出後儒增益、至「首序」則采風時已有之。由來古矣。其指某詩、爲某君事某人作、皆師説相傳如此。非臆説也。(巻二十五「総詁、挙要、小序」)

(43) 原文は次のとおりである。
王伯厚『困學紀聞』、引葉氏語謂、「漢世文章、無引『詩序』者。魏黄初四年詔云「曹風刺遠君子近小人」、蓋『毛詩序』、至此始行」。案葉語非是。司馬相如「難蜀父老」云「王事未有不始於憂勤、而終於逸樂」、此「魚麗」『序』也。班固「東京賦」云「德廣所被」、此「漢廣」『序』及「鼓鐘」『毛傳』也。一當武帝時、一當明帝時。皆用『序』語。可謂非漢世耶。(巻九「小雅、魚麗」)

また、文中に指摘のある「小雅、魚麗」および「周南、漢広」の「小序」と、「小雅、鼓鐘」の『毛伝』について、当該の記述はそれぞれ次のとおりである。

始於憂勤、終於逸樂。(「小雅、魚麗」「小序」)

漢廣、德廣所及也。(「周南、漢広」「小序」)

爲雅爲南也、舞四夷之樂、大德廣所及也。(「小雅、鼓鐘」『毛伝』)

(44) 原文は次のとおりである。
『詩序』、本自爲一編。毛公分寘篇首、本欲便於讀耳。無他意也。……源謂『序』非注。此自宜寘經前。注順文釋義而已。未讀其文、無庸尋其義也。若『序』所指者、乃作詩之「世」與其人及作之之故、苟未明乎此、雖誦之終篇、茫不知所言何事、言之者何意也。惟得『序』而始曉然矣。故寘之篇首、俾讀者先觀焉、則於經易入。(巻二十五「総詁、挙要、小序」)

(45) ここで陳啓源は毛亨と毛萇、所謂大小毛公を区別していない。なお、毛公という表記について、陳啓源は『毛詩稽古編』において四十四例ほど用いている。また、大小毛公を辨別しうる際にはそれを明記しており、実際には五例が確認できる。

(46) 原文は次のとおりである。
至毛公爲『詁訓傳』、乃分衆篇之義、各置於其篇端云。(「小雅、南陔」「小序」「有其義而亡其辞」「鄭注」)

(47)　たとえば明代において、楊慎(一四八八～一五五九)や郝敬(一五五八～一六三九)が『詩序』を用いた『詩経』解釈を試みている。楊慎の経学については、注34所掲の林慶彰『明代考拠学研究』第三章「楊慎」(三九～一三〇頁)に、郝敬の経学については、井上進「漢学の成立」二「郝敬の学」(1)(『東方学報』第六十一冊、京都大学人文科学研究所、一九八九年三月、二四二～二五二頁)に詳しい。また、郝敬の詩序論については、西口智也「郝敬の詩序論――朱子批判と孔孟尊重」(『詩経研究』第二十三号、詩経学会、一九九九年二月)を参照されたい。

(48)　原文は次のとおりである。

近儒陳啓源始非之云……。(『十駕斎養新録』巻一「詩序」)

(49)　原文は次のとおりである。

愚謂宋儒以『詩序』爲衛宏作。故葉石林有是言。然司馬相如・班固、皆在宏之前。則『序』不出於宏、已無疑義。(『十駕斎養新録』巻一「詩序」)

(50)　銭大昕に先んじて、「衛宏作『詩序』」説に注目し、その是非に考証を施した学者は、管見の限り、陳啓源と恵棟の両名のみである。恵棟は、『九経古義』巻六「毛詩下」第五十六条において、陳啓源の学説には触れず、「衛宏作『詩序』」説の論拠を鄭樵の言とみなして考証を加えている。一方、銭大昕は、本章にて先掲の『十駕斎養新録』巻一「詩序」において、陳啓源と恵棟の学説をともに引用した上で、陳啓源の学説を最も先行するものと断じ、陳啓源と同様に、「衛宏作『詩序』」説の論拠を葉夢得の言として考証を加えており、これらの点において恵棟と銭大昕は見解を異にしている。また、銭大昕と同様に陳啓源の考証を採り上げた学者としては、たとえば翁方綱(一七三三～一八一八)が挙げられる。翁方綱はその著作『詩附記』巻一において、陳啓源の考証を議論の端緒とし、銭大昕の考証を後詰めとして、『詩序』の起源は子夏に遡ると結論づけている。

第六章　清代詩経学における詩序論

はじめに

清代詩経学、ことに清代を特徴づける考証学が隆盛を誇った乾嘉期（一七三六〜一八二〇）において、『毛詩』および『毛詩序』、所謂『詩序』が尊重されていたこと、その結果として多くの『毛詩』にもとづく著作が遺されたことは、現存する書籍の他、様々な書目や、多くの研究者による論考等からも明らかである。[1]

しかし、このように『毛詩』の学が流行した要因については、未だ疑問が残されている。たとえば、「宋学」および「漢学」と呼ばれる学問思潮の衝突と、その結果としての「漢学」の復興を理由に挙げる研究や、清代、乾隆二十年（一七五五）に奉じられた『欽定詩義折中』の影響であることを指摘する研究等が存する。[2] それぞれの研究は参考に値するものであるが、筆者は別の観点からこの問題を考察してみたい。

『毛詩』の学は、一方では『毛伝』の学、他方では『詩序』の学といえるため、『詩序』の価値を認めその解釈を尊重することは直接的に『毛詩』の学の発展に寄与することとなる。

ゆえに『詩序』に対する種々の認識・理解や価値判断、換言するならば、詩序論の推移こそが、清代詩経学の方向性を決定づけた要因ではないかと筆者は愚考する。この『詩序』に対する価値判断の基準として、その起源や作者の論定が古来議論されてきたが、諸説紛糾して未だ定説をみないのが現状である。(3) 清代以前の詩序論は、たとえば『四庫全書総目提要』によると十一点に整理されているが、(4) それらはすべて尊序・廃序という二点の学問的指向性に収束される。この点に関しては本書第五章にて整理を加えたため、詳細は前章を参照されたいが、以下重複を厭わず、簡潔に提示しておきたい。

尊序派の詩経学は、伝統的な詩序論にもとづいて、『詩経』解釈における『詩序』の有用性を説くところにその特徴がある。(5)

他方、廃序派の詩経学は、『詩序』の起源を考慮した上で、『詩序』が後世の偽作や仮託であるため、その文献的価値を認めないとする。これは主に『詩序』の作者に関する『後漢書』「衛宏伝」の記述、

> 衛宏、字は敬仲……初め、九江の謝曼卿、『毛詩』を善くし、乃ち其の訓を為す。宏、曼卿に従い学を受け、因りて『毛詩序』を作り、善く風雅の旨を得、今に于て世に伝わる。(6)（『後漢書』「儒林列伝」）

にもとづき、『詩序』は後漢の衛宏の作とする学説である（以下、「衛宏作『詩序』」説と表記する）。

廃序派は、この「衛宏作『詩序』」説をひとつの契機として『詩序』の廃絶を主張し、次のような考証を加えている。

> 「小序」は衛宏に作らると謂うは、是なり。……而して題下の『序』は、則ち衛宏、謝曼卿に従い、師説を受けて之を為すなり。案ずるに『後漢』「儒林伝」に、「衛宏、字は敬仲、謝曼卿に従い『毛詩』を学び、因りて『毛詩序』を作り、善く風雅の旨を得、今に於いて世に伝わる」と云う。……惟うに宏『序』、東漢に作らる。故に漢世の文字、未だ『詩序』を引く者有らず。惟だ黄初四年、「曹共公、君子を遠ざけ小人を近

づく」の語有り。蓋し魏は漢より後る。而して宏の『序』、是に至りて始めて行わるるなり。[7]（『六経奥論』「詩序辨」）

文中、漢代の文献に『詩序』の引用がみられないこと、『詩序』の引用の端緒として、「曹風、候人」の『詩序』が、『三国志』「魏書」において、魏の黄初四年（二二三）の詔に「共公、君子を遠ざけ小人を近づく」として用いられていることの二点を例示し、衛宏が『詩序』を作成した後漢の前後に、『詩序』の引用の有無がこのように整合的に確認できることを根拠として、衛宏を『詩序』の作者と判ずるのである。[8]

この「衛宏作『詩序』」説は、やがて南宋の朱熹（一一三〇〜一二〇〇）の学問にも影響を及ぼす。[9]そして朱熹は『詩序辨説』『詩集伝』を著して『詩序』の資料的価値を否定するに至るが、朱熹『詩集伝』は、「是れより以後、『詩』を説く者は、遂に攻『序』・宗『序』の両家に分かれ、角立し相争う」[10]（『四庫全書総目提要』経部詩類一「詩集伝」）という状況を引き起こし、『詩序』の存廃が盛んに議論されることとなった。

元代、皇慶二年（一三一三）に、朱子学は科挙の再開に伴い、官吏登用の規範学問に定められた。こうして新注は更に大きな影響力を持つようになる。[11]また明代、永楽十三年（一四一五）に、朱子学系の解釈に依る『四書大全』『五経大全』が（『詩経』については『詩伝大全』）が編纂され、古注は科挙から撤廃された。[12]

こうした経緯により、元代以降、少なくとも科挙を志す知識人の間では、古注に依らず新注に依る『詩経』解釈は周知のことであったと考えられる。また、科挙の基準解釈としての『詩集伝』および『詩伝大全』の通行に伴い、朱熹が『詩序』を否定する契機となった「衛宏作『詩序』」説の存在も、知識人達に認知されていたものと推察される。[13]

続く清朝は明朝の制度を基本的に引き継ぎ、科挙および詩経学における新注の権威も保持されることとなった。[14]明末清初における「衛宏作『詩序』」説の認知の実態については、前章において、閻若璩（一六三六〜一七〇四）や顧炎武（一六一三〜八二）が肯定的に受容していた例を挙げたが[15]、ここで更なる例を提示しておきたい。

明末清初の学者、銭澄之（一六一二〜九四）は、『詩経』各篇の『詩序』（「小序」）の後半部分に当たる「後序」こそが衛宏の『詩序』であると考え、次のように述べている。

衛宏の『伝』を学ぶは毛公自りす。是れ『毛伝』、『序』の前に在り。而して『詩序』、衛宏に作らるるは、宏の『序』は、「小序」の下、数語を発明する者是れなり。「小序」両語の若きは自ら毛公師授する所に属し、毛公之に本づき以て『伝』を作る者なり[16]。（『田間詩学』凡例、第三条）

銭澄之は『後漢書』の記述を受け、衛宏が『詩序』を作ったことは事実であるが、それは「後序」に関することであり、『詩序』の前半部分である「首序」については尊重すべきことを説いたのである。尊序派の詩経学者が「衛宏作『詩序』」説を受容しながら、かつ『詩序』を尊重するには、たとえば、かような理論の展開が必要だったのである。

以上のような尊序・廃序の議論が清代に至るまで続くため、清初以降の『毛詩』の学の流行も、当時における詩序論に対する議論の推移と少なからず関連があると愚考する。そして、前章において提示したとおり、陳啓源の詩序論こそ、清初以降の詩経学におけるひとつの転機と筆者は考える。

そこで本章では、陳啓源の詩序論を中心に、清初以降の詩経学者による詩序論に考察を加え、清代に『毛詩』が流行したその要因に関する鄙見を提示したい。

一　清初における尊序派の詩序論

如上の整理のとおり、宋代以降「衛宏作『詩序』」説を論拠として『詩序』の資料的価値が否定され、朱熹『詩集伝』の流布と元・明代以降における朱子学の官学化の結果、明末清初の学界においても「衛宏作『詩序』」説が肯定的に受容されていた事例が確認できた。

このような時代背景下に『毛詩』が流行するに至った要因として、筆者は清初における尊序派の詩経学者、陳啓源および朱鶴齢（一六〇六〜八三）の詩序論を提示したい。両者はともに『詩序』を尊重し、親密な学問交流を行ったことで知られている。[17]

1　朱鶴齢の詩序論

朱鶴齢は明末清初の学者である。詩経学の分野では『詩経通義』を著しているが、その書名の由来について、次のように述べている。

『通義』とは、『古詩序』の義に通ずるなり。蓋し『序』は乃ち一詩の綱領なれば、必ず先ず『序』の意を申べ、然る後に『毛』『鄭』諸家の得失を論ずべし。[18]（「詩経通義凡例」）

朱鶴齢は『詩序』に通暁する、という意から、自らの著作を『詩経通義』と名づけたという。また、「『毛』『鄭』黜くべきも、而れども『序』黜くべからず」[19]（『愚庵小集』巻七所収「毛詩通義序」）とも述べていることから、彼が『詩序』を必須の資料と考えていることは明らかである。

また、朱鶴齢は、『詩序』の起源に関して次のような見解を示している。

大抵子夏の徒より出ず、而して漢の経師、衛宏の輩が如きは、又各々其の見を以て之を増益す。其の辞殺雑を免れざる所以なり。雅詩尤も多し。[20]（『詩経通義』巻八「小雅、魚藻之什、緜蛮」）

朱鶴齢は、『詩序』は子夏の徒に由来するものと考えながらも、『後漢書』の「衛宏作『詩序』」説を念頭に置き、衛宏ら漢儒が『詩序』の後半部分である「後序」を増益したと述べている。これは先掲の銭澄之と同様の認識といえる。

ところで、朱鶴齢が『詩序』の起源に関して、次のように述べている箇所がある。

『序』の孔子・子夏より出ずると、国史より出ずると、毛公・衛宏より出ずるとは、考うるべくも無しと雖も、然れども成周自り春秋に至るまで数百年間、之を太師に陳べ、之を楽工に肄い、之を国子に教うるは、其の説必ず自りて来たる所有り。大約「首句」は詩の根抵為り、以下は則ち推して之を衍ず。推衍する者間々漢儒より出ずるも、「首句」則ち最古易わらず。「六亡詩」の『序』に観るに、止だ系くるに一言を以てすれば、則ち「後序」、多くは漢儒の益する所、明らかなり。毛公の「宛丘」に伝するに観るに、『序』の説に同じからざれば、則ち「首句」、毛公の為る所に非ざるも亦明らかなり。[21]（『愚庵小集』巻七所収「毛詩通義序」）

ここで朱鶴齢は、早くに亡佚した「六亡詩」が、篇名と『詩序』の「首句」のみ現存することを論拠に、「後序」は漢儒の増益であることと、『詩序』の「首句」は最古の存在であることを主張し、更に、「陳風、宛丘」の『詩序』と『毛伝』の解釈の差異を論拠として、『詩序』の「首句」が毛公の作でないと断じている。つまり朱鶴齢は、『詩序』の「首句」が毛公以前から存在していた、と考証しているのである。

ではこの朱鶴齢の考証について具体的に確認してみたい。「陳風、宛丘」に関する『詩序』の記述は、次のとおりである。

宛丘、幽公を刺るなり。淫荒し昏乱し、遊蕩すること度り無し。[22]（「陳風、宛丘」「小序」）

『詩序』によれば「宛丘」は「幽公を刺る」詩であるという。「宛丘」冒頭の一句、「子之湯兮」の「子」は幽公を指し、その放蕩ぶりを詠って、幽公を非難する詩である、と『詩序』は解釈しているのである。ところが『毛伝』には、

子は大夫なり。湯は蕩なり。[23]（「陳風、宛丘」子之湯兮宛丘之上兮『毛伝』）

とあり、「子」は幽公ではなく、大夫を指すという。このように、『詩序』と『毛伝』の解釈には齟齬がみられるのであるが[24]、朱鶴齢はこの点に注目して、次のように述べている。

「子之湯兮」、『毛』以て大夫を刺ると為すは、『序』と同じからず。……説者、『詩序』、毛公の作る所と謂う。「宛丘」の『伝』を観るに、其の然らざるを知るなり。『序』をして果たして毛公より出ださしむれば、応に『伝』と異同すべからず。[25]（『詩経通義』巻五「陳風、宛丘」）

毛公が『詩序』を作ったのならば、『詩序』の記述と『毛伝』にみえる解釈が相違するはずはない。つまり朱鶴齢は、『詩序』と『毛伝』の解釈の差異を根拠として、毛公は『詩序』の作者ではないと結論づけているのである。朱鶴齢によるこの考証は、以降の『詩序』の起源に関する考証の先駆といえる。[26]

2　陳啓源の詩序論

陳啓源の詩序論に関しては、前章においてその概要を分析しえたが、本項ではその概要と、更なる考証を提示して、本章の論を展開する一助としたい。

陳啓源は『詩序』の起源について、原初の『詩序』は歴史編纂官である国史の記録に由来する、と推察した。(27)

また陳啓源は、「『詩序』は伝わること子夏の徒よりし、師授歴歴たり」(28)（巻十七「大雅、大明」）と述べ、以降、子夏や子夏の弟子達により『詩序』が伝承されたと考え、更に「『序』、縦い子夏の作に非ざるも、然れども其の来ること古し」(29)（巻十六「小雅、都人士」）とも述べ、『詩序』の作者が子夏に限定されないこと、『詩序』の起源は子夏より遡及する可能性があることを示唆している。

また陳啓源は、自らの経書観と詩序論を、次のように主張している。

経の重きに足るは、其を以て古の聖賢の作と為せばなり。古の聖賢之を作り、復た古の聖賢之を釈するを得れば、愈々重きに足らざらんや。『六経』の訓釈は惟うに『詩』最も古く、其の字訓は則ち『爾雅』有り。蓋し周公及び子夏の徒、之を為るなり。其の篇義は則ち「大小序」有り。又子夏の徒之を為るなり。之を継ぐは則ち『詁訓伝』有り。而して両毛公も亦六国及び先漢の時の人なり。(30)（巻二十五「総詁、挙要、小序」）

これによれば『詩序』は子夏の弟子の手によって成立した、由緒正しく尊重すべきものであるという。更に陳啓源は、『詩序』の成立および伝授に関する自身の見解を、以下のように述べる。

「小序」、伝わること漢初自りし、其の「後序」、或いは後儒の増益に出ずるも、「首序」に至りては則ち采風の時、已に之有り。由りて来たること古し。其の、某詩を指し、某君の事、某人の作と為すは、皆師説相伝うること此くの如し。臆説に非ざるなり。(31)（同右）

ここで陳啓源は、『詩序』の伝承を、遅くとも漢初のころからであると断じている。陳啓源は『詩序』の「首句」を「首序」、以降を「後序」と呼称し、「後序」に関しては、漢代以降の学者に依る改竄の可能性を否定していないが、『詩序』の根底たる「首序」は、国史の官に由来するものであると、ここに重ねて主張している。

このように、陳啓源にとって、『詩序』の起源は重要な問題であり、そのために彼は以下、二点の考証を試みて、『詩序』の起源を明らかにしようとした。

> 王伯厚『困学紀聞』、葉氏（筆者注：葉夢得）の語を引きて謂う、「漢世の文章は、『詩序』を引く者無し。魏黄初四年の詔に「曹風、君子を遠ざけ小人を近づくるを刺る」と云えば、蓋し『毛詩序』、此に至りて始めて行わる」と。案ずるに葉語は是に非ず。司馬相如の「難蜀父老」に「王事未だ憂勤に始まり、而して逸楽に終わらずんばあらず」と云うは、此れ「魚麗」の『序』なり。班固の「東京賦」に「徳広の被むる所」と云うは、此れ「漢広」の『序』及び「鼓鐘」の『毛伝』なり。一は武帝の時に当たり、一は明帝の時に当たる。皆、『序』の語を用う。漢世に非ずと謂うべけんや。[32]（巻九「小雅、魚麗」）

陳啓源は、南宋の王応麟（字、伯厚。一二二三～九六）の著作『困学紀聞』にみえる、葉夢得の「衛宏作『詩序』」説に対する所論を採り上げて考証を加えている。ここで陳啓源は、漢代の文章にみえる『詩序』の引用例を挙げ、「衛宏作『詩序』」説に疑義を呈した。

葉夢得は、『詩序』はその成立後に諸文献に引用される、とする論理的観点から、漢代の文献資料に『詩序』の引用例がみられないことと、衛宏の出現後に、その引用例が初めて確認できることを論拠に、『詩序』は衛宏によって作成されたと主張している。

これに対し陳啓源は、「小雅、魚麗」の『詩序』「憂勤に始まり逸楽に終わる」[33]が前漢の司馬相如「難蜀父老」に、「周南、漢広」の『詩序』「漢広は、徳広の及ぶ所なり」[34]が後漢の班固「東都賦」に引用されていることを確認し、衛宏の在世以前に『詩序』が存在したことを反証に、葉夢得による「衛宏作『詩序』」説が成立しないことを考証した。

また陳啓源は、「唐風、蟋蟀（しっしゅつ）」において、更なる考証を次のように試みている。

> 漢傅毅「舞賦」に「「蟋蟀」の局促を哀れむ」と云い、「古詩」に「「蟋蟀」局促を傷む」と云う。局促の義、

正に『序』の「倹にして礼に中らず」と同じ。之を哀れみ、之を傷むは、即ち『序』の所謂「之を閔む」なり。傅毅は明帝の時の人。「古詩」も亦「雑詩」と名づけ、『玉台新詠』以て枚乗の作と為す。乗は景帝の時の人。『文選』「十九首」、昭明、蘇・李〔筆者注：蘇武・李陵〕の前に列するは、則ち亦以て西京の人の作と為せばなり。此の時毛学未だ行われず、而して詩説已に此くの如し。『序』義本づく有るは知るべし。[35]（巻六「唐風、蟋蟀」）

ここで陳啓源は、まず、「蟋蟀」の『詩序』「蟋蟀、晋の僖公を刺るなり。倹にして礼に中らず、故に是の詩を作り、以て之を閔む」[36]が、「傅武仲舞賦」および「古詩一十九首」に引用されていることを例示する。[37]そして、「舞賦」は後漢の作であることと、「古詩一十九首」は『玉台新詠』では枚乗「雑詩九首」に編入されており、『文選』でも、前漢に没している李陵や蘇武より以前の詩として配置されていることから、前漢の作であることを確認した。そしてこれらを論拠として、『詩序』の起源が『毛詩』の学に先行することを証明し、先の考証と同様に「衛宏作『詩序』」説を否定しているのである。

しかし、『後漢書』に明確な記述が存することを考慮すると、衛宏が、漢代以前の諸文献から様々な材料を採集して『詩序』を作成した、とも考えうる。

この問題に関しては、次の一文を提示する。陳啓源は、『詩序』が各々の詩篇の冒頭に附記されていることに触れて、以下のような詩序論を述べている。

『詩序』、本は自ら一編を為す。毛公分かちて篇首に寘くは、本より読むに便あらんことを欲するのみ。他意無きなり。……源謂えらく、『序』は注に非ず。此れ自ら宜しく経の前に寘くべし。注は文に順い義を釈するのみ。未だ其の文を読まざれば、庸て其の義を尋ぬる無きなり。『序』の指す所の若き者は、乃ち作詩の「世」と其の人、之を作るに及ぶの故と、苟しくも未だ此れに明らかならざれば、之を誦して篇を終うと雖も、茫として言う所は何の事なるか、之を言う者は何の意なるかを知らざるなり。惟うに『序』を得て始めて暁然たり。故に之を篇首に寘き、読者をして先ず焉を観しむれば、則ち経に於いては入り易し。[38]（巻二十五「総詁、挙要、小序」）

陳啓源は、『詩序』が元来一編の書物であり、毛公が『詩経』解釈の便宜のために分割し、冒頭に附記したと主張する。これは鄭玄の「毛公、『詁訓伝』を為るに至り、乃ち衆篇の義を分かち、各々其の篇端に置くと云う」[39]（「小雅、南陔」「小序」「有其義而亡其辞」「鄭注」）という言にもとづく。陳啓源は、『後漢書』の記述ではなくこの鄭玄の記述に依拠することにより、『詩序』が毛公よりも前代から存在していたことを断じているのである。

以上、陳啓源が、『詩序』の起源は毛公以前に由来するという学説を鄭玄から踏襲していた点と、『詩序』の引用と考えられる文献資料が、前漢まで遡って存在することを考証し、葉夢得による「衛宏作『詩序』」説を否定していた点を確認した。

陳啓源は、かような考証学的手法を用いた研究により、宋代以降議論され続けた「衛宏作『詩序』」説から『詩序』を解放して、その再評価を成し遂げたといえる。これこそ陳啓源の詩序論の、詩経学史上における最大の貢献である。

二　清初以降の詩序論

前節では、清初詩経学において『詩序』の起源に関する考証が行われていたことを確認した。陳啓源の考証により、『詩序』は遅くとも前漢以前から存在していたことが明らかとなった。その結果『詩序』は、彼の所謂

「経之足重」の条件を満たし、尊序派の詩経学者が『詩序』の解釈に従うことを大いに正当化したと考えられる。

本節では、こうした『詩序』の起源に関する考証が、清初以降の詩経学者にどのように浸透していったのか、恵棟・銭大昕・翁方綱・胡承珙といった諸学者の研究を例示することによって検討し、整理を加えたい。そして、『詩序』はその起源の古さから信頼・依拠すべきものである、という、清初詩経学に起こった詩序論が、以降の清代詩経学に与えた影響について考察を進めたい。

1 恵棟の詩序論

呉派漢学の領袖として知られる恵棟(字、定宇。一六九七〜一七五八)は、その著作『九経古義』において、自身の詩経学を披露しているが、その巻六「毛詩下」をみると、恵棟は『詩序』の起源に対して次のような考証を加えている。

鄭漁仲、「漢氏の文字、未だ『詩序』を引く者有らず。惟だ魏の黄初四年、「曹共公、君子を遠ざけ小人を近づく」の語有り。蓋し『詩序』、是に至りて始めて行わる」と云う。棟案ずるに、『左伝』襄廿九年、季札秦を歌うを見て曰く、「美なるかな、此れを之夏声と謂う」と。服虔『解誼』、「秦仲始めて車馬礼楽の好、侍御の臣、戎車四牡、田守の事有り、諸夏と風を同じくす、故に夏声と曰う」と云う。又蔡邕『独断』、「周頌」卅一章を載するに、尽く『詩序』を録し、「清廟」自り「般」詩に至るまで一字も異ならず、何ぞ「黄初の時に至り始めて世に行わる」と云うを得んや。漁仲又「『詩序』は衛敬仲に作らる」と謂うも、亦憶説なり。[41](『九経古義』巻六「毛詩下」第五十六条)

まず恵棟はここで「衛宏作『詩序』」説の論拠を鄭樵(字、漁仲。一一〇四〜六二)の言とみなしている。その上で恵棟は、『春秋左氏伝』襄公二十九年の、「秦風」を聴いた季札の感想に対する、服虔『春秋左氏伝解誼』の注釈が、「秦風」諸篇の『詩序』と内容的に符合することを論拠として、『詩序』が服虔のころには存在していたことを主張しているのである。[42]

また、蔡邕『独断』にみえる「周頌」の『詩序』が、現行の『毛詩序』と符合することも論拠として提示し、「衛宏作『詩序』」説の論拠が成立しないことを主張している。

恵棟の考証は以上のとおりである。この研究により恵棟は、「衛宏作『詩序』」説を克服し、『詩序』の文献的価値を再確認したのである。

ここで問題となるのは、恵棟が陳啓源の先行研究を認識していたのかという点に関してであるが、彼自身による明確な言及は管見の限り存在しない。ただ、阮元（一七六四～一八四九）が『毛詩稽古編』嘉慶十八年刊本に寄せた序文に次のような記述がある。

近世の学者、此の書を知らず。惟だ恵定宇徴君、亟々之を称し、是に於いて海内好学の士、始めて知りて転抄し蔵弆す。[43]（「毛詩稽古編序」）

阮元によれば、恵棟の称賛を契機として、『毛詩稽古編』は世人に知られるようになったという。他にも、王昶（一七二四～一八〇六）が「乾隆戊辰、始めて是の書を定宇徴君の所に見る」[44]（『春融堂集』巻四十三所収「跋稽古編」）と述べ、恵棟が『毛詩稽古編』を所蔵していたことを明かしている。これらの記載から推察するに、恵棟は少なくとも『毛詩稽古編』にみえる陳啓源の詩序論および『詩序』の起源に関する考証を認識していたと考えられる。しかし、陳啓源の研究に対して、恵棟自身による言及が見受けられない点については、『毛詩稽古編』の入手および読解に先んじて、『九経古義』が擱筆された、と考えるべきであろうか。

2　銭大昕の詩序論

考証学者としてその名を知られている銭大昕(一七二八～一八〇四)は、『十駕斎養新録』巻一「詩序」において、『詩序』の起源を論じている。その際、銭大昕はまず『困学紀聞』にみえる葉夢得の論、つまりは「衛宏作『詩序』」説の根拠を提示し、続いて、先掲の『毛詩稽古編』巻九「小雅、魚麗」にみえる陳啓源の考証と、『九経古義』巻六「毛詩下」第五十六条にみえる恵棟の考証を反証として引用している。実際には次のとおりである。

王氏『困学紀聞』、葉氏を引きて云わく、「漢世の文章は、未だ『詩序』を引く者有らず。魏黄初四年の詔に「曹詩、君子を遠ざけ小人を近づくるを刺る」と云えば、蓋し「小序」、此に至りて始めて行わる」と。近儒陳啓源、始めて之を非として云わく、「司馬相如の「難蜀父老」に「王事未だ憂勤に始まり、而して逸楽に終わらずんばあらず」と云うは、此れ「魚麗」の『序』なり。班固の「東京賦」に「徳広の及ぶ所」とは、此れ「漢広」の『序』なり。一は武帝の時に当たり、一は明帝の時に当たる。漢世に非ずと謂うべけんや」と。吾友恵定宇亦云わく、「『左伝』襄廿九年「此れを之夏声と謂う」、服虔『解誼』「秦仲始めて車馬礼楽の好、侍御の臣、戎車四牡、田狩の事有り、諸夏と風を同じくす、故に夏声と曰う」と云い、又蔡邕『独断』、「周頌」卅一章を載するに、尽く『詩序』を録し、「清廟」自り「般」に至るまで、一字も異ならず、何ぞ「黄初に至り始めて世に行わる」と云うを得んや」と。愚、謂えらく、宋儒は『詩序』を以て衛宏の作と為す。故に葉石林に是の言有り。然れども司馬相如・班固、皆、宏の前に在り。則ち『序』の宏より出でざるは、已に疑義無し。(45)(『十駕斎養新録』巻一「詩序」)

銭大昕は文中で「近儒陳啓源、始めて之を非として云わく」と述べ、陳啓源が詩経学史上、初めて「衛宏作

『詩序』」説に対する反証を挙げたことを強調した上で、宋代の詩経学者が依拠していた「衛宏作『詩序』」説が、陳啓源による考証の結果、すでに論破されていることを明示している。

また、銭大昕は、陳啓源と同様に「衛宏作『詩序』」説の論拠を葉夢得の考証として認識しており、この点において恵棟と銭大昕は見解を異にしている。以後の考察で恵棟の考証について言及していないことも併せて考えるに、銭大昕が、陳啓源の考証を、『詩序』の起源・由来に関する肯定的論証の端緒として認識し、評価していたことがわかる。

続けて銭大昕は、孟子が「小雅、北山」の詩について、『詩序』に依拠して解釈していることを採り上げて、自ら次のような考証を加えている。

> 愚又攷うるに、孟子、「北山」の詩を説きて「王事に労して、父母を養うを得ざるなり」と云うは、即ち「小序」の説なり。唯(こ)れ「小序」は孟子の前に在り、故に孟子、之を引くを得。漢儒、子夏の作る所と謂うは、殆ど誣に非ず。『詩』を説く者、文を以て辞を害なわず、辞を以て志を害なわず。詩人の志、『序』に見わる、『序』を舎きて以て『詩』を言うは、孟子の取らざる所。後儒古を去ること益々遠く、一人の私意を以て古人を窺測せんと欲するも、亦其の惑を見るのみ。(46)（同右）

孟子は、弟子の咸邱蒙から、「北山」の解釈に関する質問を受けて、「北山」の本意は『詩序』の記述どおりであることを返答したのであるが(47)、銭大昕は『孟子』にみえるこの問答こそ、『詩序』が孟子の当時には存在した証拠と考えた。銭大昕は、『孟子』の記事を新たな論拠として、『詩序』の起源は孟子在世のころまで遡及することを主張した訳である。

以上のように、銭大昕は、先行研究を整理した上で、『詩序』の起源をより詳細に考証し、研究を新たな段階へと進め、その結果、『詩序』は不可欠の存在だとする詩序論を説いたのである。

3　翁方綱の詩序論

乾嘉期を代表する文人の一人である翁方綱（一七三三〜一八一八）はその著作『詩附記』巻一において、陳啓源の考証と銭大昕の考証を引用して、『詩序』の起源を次のように論じている。

陳啓源、司馬相如の「難蜀父老」の「憂勤に始まり、逸楽に終わる」は、「魚麗」篇の『序』語を用い、班固の「東都賦」の「徳広及ぶ所」は、「漢広」篇の『序』語を用うを据とす。銭大昕、孟子を引きて「「王事に労して、父母を養うを得ず」は、「北山」篇の『序』語を用う」と謂ふ。(48)（『詩附記』巻一、第一条）

先行研究を順に提示した後、翁方綱は銭大昕の考証について、『詩序』と『毛詩正義』にみえる孔穎達の『疏』を引用して、次のような検討を加えている。

愚按ずるに「小雅、北山」の『序』に「北山、大夫幽王を刺るなり。役使均しからず、従事に労して其の父母を養うを得ず」と云い、『疏』「『経』内「大夫均しからず、我従事に独り賢す」は是れ「役使均しからず」なり。「我の父母を憂う」は是れ「父母を養うを得ず」なり。『経』『序』倒るる者は、作る者労して供養するを得ざるを恨む。故に「我の父母を憂う」と言い、『序』均しからざるに由るを以てして此の怨を致す。故に先ず「役使均しからず」と言うなり」と謂う。(49)『孔疏』の此の条、『序』と『経』との文の先後相倒るるを以てする者は、固より必ずしも泥まざるなり。然れども正に『孔疏』の此の条に因るを得て、此の二語を見れば実に是れ『詩序』の串合、『詩』語益々顕る。孟子是れ『序』語を用うるは疑い無きなり。(50)（同右）

「北山」詩を実際にみてみると、『詩序』が、「役使均しからず」「其の父母を養うを得ず」の順に言葉を続けているのに対し、実際の経文では、二章に「役使均しからず」に対応する「大夫均しからず、我従事に独り賢す」

の記載があり、一章に「其の父母を養うを得ず」に対応する「我の父母を憂う」の記載があるため、『詩序』と経文の表現の間に、その順序の逆転現象が起こっている。翁方綱はここで、該当する『孔疏』が、『詩序』の倒置に作者の意識が表出しているとしたその解釈に賛意を示し、そこから読み取れる詩篇の内容が孟子の解釈と符合することから、孟子が『詩序』を用いていたことは間違いないと主張する。

翁方綱は更に、『詩序』の「労於従事」句にみえる「従」字と、孟子「労於王事」句にみえる「王」字との、両者の表現の差異に言及して、次のように解説する。

況んや『序』に「従事に労す」と云いて孟子「王事に労す」と云うは、正に咸邱蒙「王土、王臣」句を引くに因るをや。[51]故に「王」字を緊承し、必ず「従」に換え「王」と為す。語義乃ち更に明白なり。此れ文章一定の理、是れ孟子此の二句、実に『詩序』より来たるの確据なり。[52]（同右）

孟子が『詩序』の「従」字を「王」字に換えたのは、咸邱蒙が「北山」の「王土、王臣」句を誤解していたことに対して、『詩序』の含義と、「王事に非ざる莫し」という類似表現を用いて、より一層平易に解説するためであると、翁方綱は看取した。[53]かくして翁方綱は次のようにいう。

銭氏、据を孟子に援き、以て此の『序』、孟子の前に在るを見す。以て『詩序』の、是れ子夏の作たるを証するに足る。[54]（同右）

翁方綱は、以上のような思考過程を経て、銭大昕の考証を重ねて検討した結果、『詩序』の起源は孟子より以前であり、子夏に遡ると結論づけた訳である。

4　胡承珙の詩序論

胡承珙（一七七六〜一八三二）は乾嘉期を代表する詩経学の大家の一人であり、しばしば陳奐（一七八六〜一八六三）や馬瑞辰（一七八一〜一八六〇）と併称される。その『詩序』に対する姿勢はというと、たとえば「『序』は毎に作詩の意を言外に求む、廃すべからざる所以なり」[55]（『毛詩後箋』巻十一「秦、渭陽」）と述べていることから、胡承珙が、『詩経』は『詩序』に依って初めて正しく解釈できる、ゆえに『詩序』は不可欠である、とする尊序の詩序論を主張していることが看取できる。

胡承珙はその著作『毛詩後箋』において、陳啓源らの先行研究を承け、『詩序』の起源に関する研究をより一層深化させている。以下に確認してみたい。

まず「小雅、鹿鳴之什、魚麗」の『詩序』に関しては、胡承珙は次のように述べている。

司馬相如の「難蜀父老」に「王事未だ憂勤に始まり、而して逸楽に終わらずんばあらず」と云う。此れ西京の初に在り、已に此の『序』を用う。[56]（『毛詩後箋』巻十六「小雅、鹿鳴之什、魚麗」）

胡承珙はまず「魚麗」の「小序」について、その時代背景を述べているが、ここから彼が、一連の『詩序』の起源に関する考証を認識していたことがわかる。更に例を挙げると、胡承珙は、『毛詩後箋』巻十「唐、蟋蟀」において、自らの考証に先立ち、次のように、当該の『詩序』と、先行研究である陳啓源の学説を提示する。

『序』に「蟋蟀、晋の僖公を刺るなり。倹にして礼に中らず、故に是の詩を作り、以て之を閔む。其の時に及び礼を以て自ら（みずか）虞楽せんと欲するなり」と云う。陳氏『稽古編』に曰く、「漢傅毅「舞賦」に「蟋蟀の局促を哀れむ」と云い、「古詩」に「蟋蟀、局促を傷む」と云う。局促の義、正に『序』の「倹にして礼に中

> らず」と同じ。之を哀れみ、之を傷むは、即ち『序』の所謂「之を閔む」なり。傅毅は明帝の時の人。「古詩」も亦「雑詩」と名づけ、『玉台新詠』以て枚乗の作と為す。乗は景帝の時の人。『文選』「十九首」、昭明、蘇・李〔筆者注：蘇武・李陵〕の前に列するは、則ち亦以て西京の時の人の作と為せばなり。此の時毛学未だ行われず、而して詩説已に此くの如し。『序』義本づく有るは知るべし」と。[57]（『毛詩後箋』巻十「唐、蟋蟀」）

『詩序』の「倹にして礼に中らず」は、僖公が過度に倹約することを批判するものである。陳啓源はこの記載に関する引用例を提示して考証を進めたのであるが、胡承珙はこれを承けて、以下、「蟋蟀」に関する五点の新たな引用例を提示し、『詩序』の起源に関する考証を進めていく。彼はまず『孔叢子』巻上「記義第三」および『春秋左氏伝』襄公二十七年にみえる「蟋蟀」の引用例を提示する。

> 承珙案ずるに、『孔叢子』孔子を引きて「「蟋蟀」に於いては陶唐倹徳の大なるを見るなり」と曰い、『左伝』鄭伯、趙孟を享するに、印段「蟋蟀」を賦し、趙孟「善きかな、保家の主なり」と曰うは、此れ皆倹を以て美徳と為す。[58]（同右）

『孔叢子』と『春秋左氏伝』の両書は、その文中に「蟋蟀」の名を、同詩の倹約に対する描写を前提に挙げ、倹約を一種の美徳と把握している。ここで胡承珙は「蟋蟀」の『詩序』の存在を意識した上で、同詩にみえる倹約の概念を具体的に規定すべく、『漢書』「地理志」にみえる「蟋蟀」の引用例を提示する。

> 『漢書』「地理志」に曰く「参を晋の星と為す。其の民先王の遺教有り、君子深思し、小人倹陋す。故に唐詩「蟋蟀」「山枢」「葛生」の篇「今我楽しまざれば、日月其れ邁かん」「宛として其れ死せば、他人是れ愉（たの）しまん」「百歳の後、其の居に帰らん」と曰うは、皆奢倹の中を思い、死生の慮を念ず」と。見るべし、諸詩、皆其の奢倹中を得んと欲し、原より専ら倹を刺るが為には非ざるを。[59]（同右）

『漢書』「地理志」は、唐の人々が元来倹約を好む気質であることを指摘した上で、「蟋蟀」「山枢」「葛生」三詩が、倹約に対して中庸の姿勢を求めるものだという。つまり「蟋蟀」は、ただ倹約に過ぎることを批判するだけの詩ではなく、適度に倹約をして、楽しむべき時は楽しむのがよいとする中庸の態度を主張する詩なのである。

続けて、胡承珙は、『後漢書』「馬融列伝」の記事とその顔師古注を引用して、次のように叙述する。

『後漢書』馬融、「広成頌」を上りて「臣、聞くならく、孔子曰く「奢なれば則ち孫らず、倹なれば則ち固し」と。奢倹の中は、礼を以て界と為す。是を以て「蟋蟀」「山枢」の人、並びに国君を刺り、諷するに大康・馳駆の節を以てす」と云う。顔師古、「言うこころは、僖公は大いに康しむに胎戒するを以て、昭公は馳駆すること能わざるを以て譏らる」と注す。馬融は、『毛詩』に伝する者、其の言、班「志」と合す。蓋し此の詩、僖公の「倹にして礼に中らず」を刺るに因るが故に全編皆、礼に中るの事を言う。礼に中らば、則ち楽しみて荒むこと無く、仍其の倹為るを害なわず。礼に中らざれば、則ち倹と謂うべからず、祇だ其の楽しまざるを見るのみ。『経』の大旨此くの如し。毎章前四句、荒楽する者が為に代わりて其の言を述ぶるが似く、後四句、又其の逸楽に耽るを戒むるが似きも、其れ実は然らず。前は吾が君も亦姑く行楽し、倹に一すること毋きを謂い、後は則ち楽しむに自ら節有るを謂う、乃ち是れ奢倹中を得るのみ。憂い深く思い遠しと云う所の者は、正に此れに在り。[60]（同右）

馬融は『毛詩』の学の流れを汲む学者であるが、彼は先掲の『漢書』の記事と同様に、奢侈と倹約の中庸を求める意図で「蟋蟀」を採り上げている。これらの例示から胡承珙は、「蟋蟀」詩がまさに『詩序』にみえる、「倹にして礼に中らず」を刺る詩だと理解するのである。

そして胡承珙は最後に、『塩鉄論』にみえる「蟋蟀」の引用例を提示する。

『塩鉄論』「通有篇」、「孔子曰く「大だ倹なること下に極るべからず」と。此れ「蟋蟀」作らるる所為」を引くは、此れ尤も『序』説の古きを見るに足る。止だ『稽古編』引く所の枚乗・傅毅の言の如きのみならざる

なり。[61]（同右）

『塩鉄論』には、孔子が「蟋蟀」の由来について述べた一文がみえる。胡承珙はこの孔子の言における「蟋蟀」が『詩序』の含義を踏まえたものであることこそ、『詩序』が古くから存在することを証明する好例だと述べ、ここまでの考証を総括している。

こうして胡承珙は、陳啓源が提示した二種の例とは別に、多くの新例を採り上げ、そこから新たな考証を組み立てて、『詩序』の起源の古さを主張したのである。

以上、恵棟・銭大昕・翁方綱・胡承珙による考証について確認した。清初以降の詩経学者は、陳啓源の方法論を継承し、『詩序』の起源に関する考証を陸続と試みていた。この考証は「衛宏作『詩序』」説を否定すべく、『詩序』の起源を遡及して確認することにより、『詩序』の文献的価値を再確認するものである。ゆえに彼らはこの考証の成果から、『詩序』を肯定的に使用して、自身の詩経学を展開したと考えられる。

小　結

本章では、清代詩経学における詩序論について、清初以降にみられた『詩序』の起源に関する考証に着目し、その考証が清代詩経学を如何なる方向に導いたのか、考察を加えた。

明末清初に、朱鶴齢と陳啓源が先駆となり、『詩序』の起源に対する、考証学的手法を用いた研究が開始された。その後、本章で考察したように、恵棟や銭大昕・翁方綱・胡承珙といった、名だたる学者達が研究を継続して、「衛宏作『詩序』」説を否定しうる新たな論拠を提示した。

筆者は、この一連の考証の結果、『詩序』の資料価値が再認識されたことが一因となって、清代における尊序の学風、ひいては『毛詩』の学の流行が起こったと愚考する。また、乾嘉期以降の学界において、尊序派の詩経学者がこの研究にもとづき用いた詩序論は、大きな影響力を及ぼしていたと推察する。以下に挙げる例を、その傍証としたい。

夏炘（一七八九〜一八七一）は清末を代表する朱子学者の一人であり、『述朱質疑』等の著作で知られている。夏炘は、『詩経』の研究書として『読詩劄記』を著し、自身の詩経学を披露しているが、彼は同書において、『詩序』に触れて次のように述べている。

先儒、『詩序』を以て子夏の作と為すは非なり。其の源流を考うるに、蓋し毛公以後に在り。(62)（『読詩劄記』巻之一「詩序」第一条）

ここで夏炘は『詩序』が毛公以後のものと主張している。そして夏炘は「衛宏作『詩序』」説に注目し、この学説を肯定すべく、本章で確認した銭大昕の考証を採り上げた後、次のように反論を加える。

炘案ずるに、此の言、是に似て実は非なり。葉石林の、黄初四年、『詩序』詔に見ゆるの語、本より之を攷うるに、未だ能く精核ならず。服子慎・蔡中郎は、皆衛敬仲の後の人、引きて『詩序』を説くは何ぞ怪と為すに足らん。惟うに西漢の前の人、実に未だ引きて『詩序』を用いず……「憂勤に始まり、逸楽に終わる」、迺ち文字偶々（たまたま）同じ、説詩に関わるに非ず。且つ又安んぞ敬仲の長卿を襲ぐに非ざるを知らんや。孟子「北山」の詩を論ずるは、即ち「小序」を作る者の本づく所、猶お之「載馳」「碩人」諸『序』、『左伝』に本づき説を為すがごときなり。(63)（『読詩劄記』巻之一「詩序」第二条）

ここにみられる夏炘の反証を整理すると、一方で『詩序』の完成後に『詩序』が引用されるとする立場を取りながら、他方で孟子が「北山」の『詩序』に論及している点に関しては、それが『詩序』の材料となった文章である、と決め込んでいることから、夏炘が結論を先行させた上で理論を組み立てていることが看取できる。同書において夏炘は、この他にも幾つかの論を提示し、『詩序』の作者は衛宏であると結論づける。[64] その是非に関してはここに論じないが、如上の例示から夏炘が、清代詩経学における尊序派の詩序論が持つ影響力を看過できず、朱子学的見地からも『詩序』の起源の在処を提示し、主張せねばならなかったことが推察できよう。

以上の所論から、筆者は、清初以降の詩経学において、当時の学者達が「衛宏作『詩序』」説とその是非を意識した上で、『詩序』の起源に関する考証を脈々と受け継いでいたことをひとつの証左として、清初以降の尊序派による詩序論が、清代詩経学における『毛詩』流行の一因となったことを主張したい。

（1）清代詩経学の概要に関しては、戴維『詩経研究史』第八章「清代『詩経』学的復古」（湖南教育出版社、二〇〇一年九月、四七五～六〇六頁）、および洪湛侯『詩経学史』第四編「詩経清学」（中華書局、二〇〇二年五月、四五七～六二二頁）等を参照されたい。

（2）『欽定詩義折中』については、注1に先掲の洪湛侯『詩経学史』第四編第二章第二節「『欽定詩義折中』公然号召改従毛鄭」（四八二～四八五頁）等を参照されたい。

（3）『詩序』の起源やその存廃の議論に関しては、注1に先掲の戴維『詩経研究史』第六章第二節「南宋『詩経』研究」一～三（三一二～三七六頁）、および洪湛侯『詩経学史』第二編「詩経漢学」第三章第二節（一五六～一六三頁）を参照。また、現代における『詩序』研究に関しては、程元敏『詩序新考』（五南図書出版公司、二〇〇五年一月）に詳しく、参照されたい。

（4）『四庫全書総目提要』経部詩類一「詩序」にみえる、『詩序』の起源に関する学説は以下のとおりである。なお文中の数字は筆者による。

①以為「大序」子夏作、「小序」子夏・毛公合作者、鄭元（玄）『詩譜』也。②以為子夏所序詩、即今『毛詩序』者、王粛『家語』注也。③以為衛宏受学謝曼卿作『詩序』者、『後漢書』儒林伝也。④以為子夏所創、毛公及衛宏又加潤益者、『隋書』経籍志也。⑤以為子夏不序詩者、韓愈也。⑥以為子夏惟裁初句、以下出於毛公者、成伯璵也。⑦以為詩人所自製者、

王安石也。⑧以「大序」為孔子作者、明道程子也。⑨以「首句」即為孔子所題者、王得臣也。⑩以為『毛伝』初行、尚未有『序』、其後門人互相伝授、各記其師説者、曹粋中也。⑪以為村野妄人所作、昌言排撃而不顧者、則倡之者、鄭樵・王質、和之者、朱子也。

（5）尊序派の詩経学においては、たとえば孔子や子夏ら古代の聖賢の手を経て『詩序』が成立したと考える。一例に、南北朝時代の沈重（五〇〇～五八三）の言を挙げる。

沈重云「案鄭『詩譜』意、「大序」是子夏作、「小序」是子夏・毛公合作。卜商意有不盡、毛更足成之」。（陸徳明『経典釈文』毛詩音義上「周南、関雎」所引）

（6）原文は次のとおりである。

衛宏字敬仲……初、九江謝曼卿善『毛詩』、乃爲其訓。宏從曼卿受學、因作『毛詩序』、善得風雅之旨、于今傳於世。（『後漢書』「儒林列伝」）

（7）原文は南宋の鄭樵（字、漁仲。一一〇四～六二）の「詩序辨」にみえる。

謂「小序」作於衛宏、是也。……而題下之『序』、則衛宏從謝曼卿、受師説而爲之也。案『後漢』「儒林傳」云「衛宏字敬仲、從謝曼卿學『毛詩』、因作『毛詩序』、善得風雅之旨、於今傳於世」。……惟宏『序』作於東漢、故漢世文字、未有引『詩序』者。惟黄初四年、有「曹共公、遠君子近小人」之語。蓋魏後於漢、而宏之『序』、至是始行也。（『六経奥論』「詩序辨」）

この鄭樵『六経奥論』には偽託説があるが、現在では、葉夢得（号、石林。一〇七七～一一四八）の学説として『困学紀聞』等で引用されているものにもとづき形成されたと論証されている。ゆえに本書では、「衛宏作『詩序』」説は、葉夢得に端を発するものと考える。本書第五章、注22および注41を参照されたい。

（8）『三国志』「魏書、文帝丕」の記述は次のとおりである。

夏五月、有鵜鶘鳥集靈芝池、詔曰、「此詩人所謂污澤也。曹詩「刺恭公遠君子而近小人」、今豈有賢智之士處於下位乎。否則斯鳥何爲而至。其博擧天下儁德茂才、獨行君子、以答曹人之刺」。（『三国志』「魏書、文帝丕」）

また、文中に引かれている「曹風、候人」の「小序」は次のとおりである。

候人、刺近小人也。共公遠君子而好近小人焉。（「曹風、候人」「小序」）

（9）たとえば朱熹は鄭樵の影響について、次のように述べている。

『詩序』、實不足信。向見鄭漁仲〔筆者注：鄭樵〕有『詩辨妄』、力詆『詩序』、其間言語太甚、以爲皆是村野妄人所作。始亦疑之、後來、子細看一兩篇、因質之『史記』『國語』、然後知『詩序』之果不足信。（『朱子語類』巻八十、詩一「綱領」第四十条）

また朱熹は、『詩序』が衛宏の手に成ることを次のように断じている。

『詩序』之作、説者不同。……唯『後漢書』「儒林傳」、以爲衛宏作『毛詩序』、今傳於世。則『序』乃宏作明矣。（『詩序辨説』序）

（10）原文は次のとおりである。

自是以後、説『詩』者遂分攻『序』・宗『序』兩家、角立相爭。（『四庫全書総目提要』経部詩類一「詩集伝」）

また、朱熹の『詩集伝』における『詩序』に対する処理に関しては、本書第五章、注27から注29の記述も参照されたい。

（11）『元史』巻八十一「選挙志」一に、次のようにみえる。

經義一道、各治一經、『詩』以朱氏爲主、『尙書』以蔡氏爲主、『周易』以程氏・朱氏爲主。已上三經、兼用古『註疏』。

ここから、元代には依然として『詩序』を含む古注も兼用されていたことがわかる。

（12）『明史』に次のようにみえる。

『詩』主朱子『集傳』……永樂間、頒『四書・五經大全』、廢『註疏』不用。（『明史』「選挙志」）

明代、古注が科挙の規範学問の列から撤廃されたことは、『詩序』の文献的価値に少なからぬ影響を与えたと考えられるが、かような状況下にあって『詩序』を尊重する学者も存在した。この点に関しては、本書第五章、注34の記述を参照されたい。また、楊晋龍『明代詩経学研究』第四章「明代詩経学研究的流衍」（国立台湾大学中国文学研究所博士論文、一九九七年六月、一七五～二四一頁）、および蕭開元『晩明学者的『詩序』観』第五章「尊『序』抑朱派之『詩序』観」、第六章「漢宋兼採派之『詩序』観」（東呉大学中国文学研究所碩士論文、二〇〇〇年六月、七五～一三九頁）等も合わせて参照されたい。

（13）『詩伝大全』は『詩集伝』の冒頭に『詩序辨説』を附する体裁をとる。清朝乾隆年間、『四庫全書』に所収された通行本『詩伝大全』が同様の体裁であることも併せて考えるに、「衛宏作『詩序』」説が、『詩伝大全』の読者に認知されていたと推察できる。

（14）科挙制度の継承に関して、『清史稿』に、次のようにみえる。

命仍舊例。首場『四書』三題、『五經』各四題、士子各占一『經』。『四書』主朱子『集註』、『易』主程『傳』・朱子『本義』、『書』主蔡『傳』、『詩』主朱子『集傳』、『春秋』主胡安國『傳』、『禮記』主陳澔『集説』。其後『春秋』不用『胡傳』、以『左傳』本事爲文、參用『公羊』『穀梁』。(『清史稿』「選挙志」)

(15) 閻若璩は『尚書古文疏証』において、『尚書』に関する持論を立証する根拠として「衛宏作『詩序』」説と、その論拠となった葉夢得の学説を提示している。また、顧炎武は、『日知録』巻十八「竊書」において、衛宏が『詩序』を作り、古代の聖賢に仮託したと述べている。ここから、両者ともに「衛宏作『詩序』」説を肯定的に認知していることは明らかである。

(16) 原文は次のとおりである。

衛宏之學『傳』自毛公。是『毛傳』在『序』前矣。而『詩序』作於衛宏、宏之『序』、「小序」下發明數語者是也。若「小序」兩語、自屬毛公所師授、毛公本之以作『傳』者也。(『田間詩学』凡例、第三条)

なお、この銭澄之の立場は『隋書』「経籍志」の記述にもとづくものである。

(17) 陳啓源と朱鶴齢の交遊については本書第三章に詳しい。以下簡述すると、まず朱鶴齢は『毛詩稽古編』に寄せた序文において、両者の協力関係を次のように述べる。

余向爲『通義』、多與陳子長發〔筆者注：陳啓源〕商搉而成。(「朱鶴齢序」)

また陳啓源は互いの学術的交遊とその著作について、次のように述べる。

與余遊處最密、持論又多與余同。故所著『周易廣義』『尙書埤傳』『毛詩通義』『讀左日抄』等書、竝以示余、共爲論定。(「陳啓源後序」)

其同者不復覼縷、……正欲使此兩書相輔而行耳。(巻一「敘例」)

つまり、両者の著作は相補関係にあるため、陳啓源は『毛詩稽古編』において、朱鶴齢『詩経通義』の記事と同じ見解であるものについては、繰り返して論じない、とまでいうのである。両者の親密さが看取できよう。

(18) 原文は次のとおりである。

『通義』者、通『古詩序』之義也。蓋『序』乃一詩綱領、必先申『序』意、然後可論『毛』『鄭』諸家之得失。(『詩経通義凡例』)

(19) 原文は次のとおりである。

『毛』『鄭』可黜、而『序』不可黜。(『愚庵小集』巻七所収「毛詩通義序」)

(20) 原文は次のとおりである。

大抵出于子夏之徒、而漢之經師如衞宏輩、又各以其見增益之。所以其辭不免殺雜。雅詩尤多。（『詩経通義』巻八「小雅、魚藻之什、緜蛮」）

(21) 原文は次のとおりである。
『序』之出于孔子・子夏、出于國史與出于毛公・衞宏、雖無可考、然自成周至春秋數百年間、陳之太師、肄之樂工、教之國子、其説必有所自來。大約「首句」爲詩根抵、以下則推而衍之。推衍者間出于漢儒、「首句」則最古不易。觀于「六亡詩」之『序』、止系以一言、則「後序」多漢儒所益、明矣。觀于毛公之傳「宛丘」、不同于『序』説、則「首句」非毛公所爲、亦明矣。（『愚庵小集』巻七所収「毛詩通義序」）

(22) 原文は次のとおりである。
宛丘、刺幽公也。淫荒昏亂、遊蕩無度焉。（「陳風、宛丘」「小序」）

(23) 原文は次のとおりである。
子、大夫也。湯、蕩也。（「陳風、宛丘」子之湯兮宛丘之上兮『毛伝』）

(24) 『毛伝』の記述に従えば、「宛丘」は大夫を対象とした詩となる。これは『詩序』の記述と齟齬する。この点に関して、『毛詩正義』では、『詩序』と『毛伝』の記述の齟齬を次のように解釈して、両者を整合しようと試みている。
『毛』以此『序』所言是幽公之惡、經之所陳是大夫之事、由君身爲此惡、化之使然、故擧大夫之惡以刺君。（「陳風、宛丘」「小序」『孔疏』）

(25) 原文は次のとおりである。
「子之湯兮」、『毛』以爲刺大夫、與『序』不同。……說者謂『詩序』毛公所作。觀「宛丘」『傳』、知其不然也。使『序』果出毛公、不應與『傳』異同。（『詩経通義』巻五「陳風、宛丘」）

(26) 朱鶴齡の考証は、『四庫全書総目提要』経部詩類一「詩序」において、「小序」の「首句」が毛公以前に存在したことの証拠として採り上げられている。

(27) 陳啓源は国史が、『詩』に明確には表現されていない寓意や時代背景、詩人の真意等を文章として記録したと考え、原初の『詩序』は国史に端を発すると推察した。次のとおりである。
夫論「世」方可誦『詩』、而『詩』不自著其「世」。得「志」方可說『詩』、而『詩』又不自白其「志」。使後之學『詩』者、何自而入乎。古國史之官、早慮及此。故『詩』所不載者、則載之於『序』。其曰某王、某公、某人者、皆代詩人著其「世」

也。其曰某之志、某之化、美何人、刺何人者、是代詩人白其「志」也。既知其「世」、又得其「志」、因執以讀其『詩』、譬猶秉燭而求物於暗室中、百不失一矣。故有『詩』不可以無『序』也。舍『序』而言『詩』、此孟子所謂害「志」者也。（巻二十五「総詁、挙要、小序」）

(28) 原文は次のとおりである。
『詩序』、傳自子夏之徒、師授歴歴。（巻十七「大雅、大明」）

(29) 原文は次のとおりである。
『序』縱非子夏作、然其來古矣。（巻十六「小雅、都人士」）

(30) 原文は次のとおりである。
經之足重、以其爲古聖賢作也。古聖賢作之、復得古聖賢釋之、不愈足重乎。『六經』訓釋惟『詩』最古、其字訓則有『爾雅』。蓋周公及子夏之徒、爲之也。其篇義則有「大小序」。又子夏之徒爲之也。繼之則有『詁訓傳』。而兩毛公亦六國及先漢時人也。（巻二十五「総詁、挙要、小序」）

(31) 原文は次のとおりである。
「小序」、傳自漢初、其「後序」、或出後儒增益、至「首序」則采風時已有之。由來古矣。其指某詩、爲某君事某人作、皆師説相傳如此。非臆説也。（巻二十五「総詁、挙要、小序」）

(32) 原文は次のとおりである。
王伯厚『困學紀聞』、引葉氏語謂、「漢世文章、無引『詩序』者。魏黃初四年詔云「曹風刺遠君子近小人」、蓋『毛詩序』、至此始行」。案葉語非是。司馬相如「難蜀父老」云「王事未有不始於憂勤、而終於逸樂」、此「魚麗」『序』也。班固「東京賦」云「德廣所被」、此「漢廣」『序』及「鼓鐘」『毛傳』也。一當武帝時、一當明帝時。皆用『序』語。可謂非漢世耶。（巻九「小雅、魚麗」）

(33) 原文は次のとおりである。
始於憂勤、終於逸樂。（「小雅、魚麗」「小序」）

(34) 原文は次のとおりである。
漢廣、德廣所及也。（「周南、漢広」「小序」）

(35) 原文は次のとおりである。

漢傅毅「舞賦」云「哀「蟋蟀」之局促」、「古詩」云「「蟋蟀」傷局促」。局促之義正與『序』「儉不中禮」同。哀之、傷之、卽『序』所謂「閔之」也。傅毅、明帝時人。「古詩」亦名「雜詩」、『玉臺新詠』以爲枚乘作。乘、景帝時人。『文選』「十九首」、昭明列於蘇・李前、則亦以爲西京人作也。此時毛學未行、而詩說已如此。『序』義有本可知矣。（巻六「唐風、蟋蟀」）

(36) 「唐風、蟋蟀」の『詩序』の全文は次のとおり。
蟋蟀、刺晉僖公也。儉不中禮、故作是詩、以閔之。欲其及時以禮自虞樂也。此晉也。而謂之唐、本其風俗。憂深思遠、儉而用禮、乃有堯之遺風也。

(37) 傅毅「舞賦」は『文選』巻十七「賦壬、音楽上、傅武仲舞賦」所収。「古詩」は『文選』巻二十九「詩己、雑詩上、古詩一十九首」および『玉台新詠』巻一「雑詩九首」所収。

(38) 原文は次のとおりである。
『詩序』、本自爲一編。毛公分寘篇首、本欲便於讀耳。無他意也。……源謂『序』非注。此自宜寘經前。注順文釋義而已。未讀其文、無庸尋其義也。若『序』所指者、乃作詩之「世」與其人及作之故、苟未明乎此、雖誦之終篇、茫不知所言何事、言之者何意也。惟得『序』而始曉然矣。故寘之篇首、俾讀者先觀焉、則於經易入。（巻二十五「総詁、挙要、小序」）

(39) 原文は次のとおりである。
至毛公爲『詁訓傳』、乃分衆篇之義、各置於其篇端云。（「小雅、南陔」「小序」「有其義而亡其辞」「鄭注」）

(40) 文中の季札について、彼が「秦風」を聞いた際には、それを「美哉」と称賛していない。恐らくは、恵棟が『春秋左氏伝』の前後の文章から誤用したものと考えられる。後に銭大昕がこの恵棟の考証を引用した際には、該当する「美哉」二字を取り去っている。

(41) 原文は次のとおりである。
鄭漁仲云、「漢氏文字、未有引『詩序』者。惟魏黃初四年、有「曹共公遠君子近小人」之語。蓋『詩序』至是而始行」。棟案、『左傳』襄廿九年、季札見歌秦曰、「美哉、此之謂夏聲」。服虔『解誼』云、「秦仲始有車馬禮樂之好、侍御之臣、戎車四牡、田守之事、與諸夏同風、故曰夏聲」。又蔡邕『獨斷』、載「周頌」卅一章、盡錄『詩序』、自「清廟」至「般」詩一字不異、何得云「至黃初時始行于世」耶。漁仲又謂「『詩序』作于衞敬仲」、亦憶說。（『九経古義』巻六「毛詩下」第五十六条）

(42) 以下の例を参照。諸篇の『詩序』の記述が、先掲の恵棟が引用した服虔による記述と符合していることがわかる。

美秦仲也。秦仲始大、有車馬禮樂侍御之好焉。（「秦風、車鄰」「小序」）

美襄公也。始命有田狩之事、園囿之樂焉。（「秦風、駟驖」「小序」）

小戎、美襄公也。備其兵甲以討西戎、西戎方彊而征伐不休、國人則矜其車甲、婦人能閔其君子焉。（「秦風、小戎」「小序」）

（43）原文は次のとおりである。
近世學者、不知此書、惟惠定宇徵君、亟稱之、於是海內好學之士、始知轉抄藏弆。（阮元「毛詩稽古編序」）

（44）原文は次のとおりである。
乾隆戊辰、始見是書于定宇徵君所。（『春融堂集』巻四十三所収「跋稽古編」）

（45）原文は次のとおりである。
王氏『困學紀聞』引葉氏云、「漢世文章、未有引『詩序』者。魏黃初四年詔云、「曹詩刺遠君子近小人」、蓋「小序」至此始行」。近儒陳啓源始非之云、「司馬相如「難蜀父老」云、「王事未有不始于憂勤、而終逸樂」、此「魚麗」『序』也。班固「東京賦」『德廣所及』此「漢廣」『序』也。一當武帝時、一當明帝時、可謂非漢世耶」。吾友惠定宇亦云、「『左傳』襄廿九年「此之謂夏聲」、服虔『解誼』云「秦仲始有車馬禮樂之好、侍御之臣、戎車四牡、田狩之事、與諸夏同風、故曰夏聲」、又蔡邕『獨斷』、載「周頌」卅一章、盡錄『詩序』、自「清廟」至「般」、一字不異、何得云「至黃初始行于世」耶」。愚謂宋儒以『詩序』爲衞宏作。故葉石林有是言。然司馬相如・班固、皆在宏之前。則『序』不出於宏、已無疑義。（『十駕斎養新録』巻一「詩序」）

（46）原文は次のとおりである。
愚又攷孟子説「北山」之詩云「勞於王事、而不得養父母」、卽「小序」說也。唯「小序」在孟子之前、故孟子得引之。漢儒謂子夏所作、殆非誣矣。說『詩』者不以文害辭、不以辭害志。詩人之志見乎『序』、舍『序』以言『詩』、孟子所不取。後儒去古益遠、欲以一人之私意窺測古人、亦見其惑已。（『十駕斎養新録』巻一「詩序」）

なお、「小雅、北山」の『詩序』は次のとおりである。

北山、大夫刺幽王也。役使不均、己勞於從事而不得養其父母焉。（「小雅、谷風之什、北山」「小序」）

（47）当該の記述は、『孟子』「万章章句上」にみえる。

（48）原文は次のとおりである。

(49) 陳啓源据司馬相如「難蜀父老」「始於憂勤、終於逸樂」、用「魚麗」篇『序』語、班固「東都賦」「德廣所及」、用「漢廣」篇『序』語。錢大昕引孟子謂「「勞於王事、而不得養父母」、用「北山」篇『序』語」。(『詩附記』巻一、第一条)

(50) 翁方綱の引用文は中略がある。実際の『孔疏』の記述は以下のとおり。
『經』六章、皆怨役使不均之辭、若指文則「大夫不均、我從事獨賢」是「役使不均」也。「朝夕從事」是「己勞於從事」也。「憂我父母」是由「不得養其父母」所以憂之也。『經』『序』倒者、作者恨勞而不得供養。故言「憂我父母」『序』以由不均而致此怨。故先言「役使不均」也。

原文は次のとおりである。

愚按「小雅、北山」『序』云「北山、大夫刺幽王也。役使不均、勞於從事、而不得養其父母焉」、『疏』謂「『經』內「大夫不均、我從事獨賢」是「役使不均」也。「憂我父母」是「不得養父母」也。『經』『序』倒者、作者恨勞而不得供養。故言「憂我父母」『序』以由不均而致此怨。故先言「役使不均」也」。『孔疏』此條、以『序』與『經』文先後相倒者、固不必泥也。然正得因『孔疏』此條、見此二語、實是『詩序』之串合、『詩』語益顯。孟子是用『序』語無疑也。(『詩附記』巻一、第一条)

(51) 咸邱蒙が引用した「王土、王臣」句は、次のとおりである。
詩云「普天之下、莫非王土、率土之濱、莫非王臣」。(『孟子』「万章章句上」)

これは「小雅、谷風之什、北山」の一節であり、原文は次のとおりである。

溥天之下、莫非王土、率土之濱、莫非王臣。

(52) 原文は次のとおりである。
況『序』云「勞於從事」而孟子云「勞於王事」、正因咸邱蒙引「王土、王臣」句、故緊承「王」字、必換「從」爲「王」。語義乃更明白。此文章一定之理、是孟子此二句、實從『詩序』來之確据矣。(『詩附記』巻一、第一条)

(53) 咸邱蒙の問いに対し、孟子は次のように答えている。
曰是詩也、非是之謂也。「勞於王事、而不得養父母」也。曰此莫非王事、我獨賢勞也。(『孟子』「万章章句上」)

(54) 原文は次のとおりである。
錢氏援据孟子、以見此『序』在孟子前、足以證『詩序』是子夏作。(『詩附記』巻一、第一条)

(55) 原文は次のとおりである。

『序』毎求作詩之意於言外、所以不可廢也。(『毛詩後箋』巻十一「秦、渭陽」)

(56) 原文は次のとおりである。

司馬相如「難蜀父老」云、「王事未有不始於憂勤、而終於逸樂」、此在西京之初、已用此『序』。(『毛詩後箋』巻十六「小雅、鹿鳴之什、魚麗」)

(57) 原文は次のとおりである。

『序』云「蟋蟀、刺晉僖公也。儉不中禮、故作是詩、以閔之。欲其及時以禮自虞樂也」。陳氏『稽古編』曰「漢傳毅「舞賦」云「哀蟋蟀之局促」、「古詩」云「蟋蟀傷局促」。局促之義正與『序』「儉不中禮」同。哀之、傷之、卽『序』所謂「閔之」也。傳毅、明帝時人。「古詩」亦名「雜詩」、『玉臺新詠』以爲枚乘作。乘、景帝時人。『文選』「十九首」、昭明列於蘇・李前、則亦以爲西京時人作也。此時毛學未行、而詩說已如此。『序』義有本可知矣」。(『毛詩後箋』巻十「唐、蟋蟀」)

なお、「唐風、蟋蟀」の『詩序』に関しては注36に全文を提示してあるため、そちらを参照されたい。

(58) 原文は次のとおりである。

承珙案、『孔叢子』引孔子曰「於「蟋蟀」見陶唐儉德之大也」、『左傳』鄭伯享趙孟、印段賦「蟋蟀」、趙孟曰「善哉、保家之主也」、此皆以儉爲美德。(『毛詩後箋』巻十「唐、蟋蟀」)

また、文中にみえる『孔叢子』と『春秋左氏伝』の原文は次のとおりである。

孔子讀『詩』、及「小雅」喟然而歎曰……於「蟋蟀」見陶唐儉德之大也。(『孔叢子』巻上「記義第三」)

印段賦「蟋蟀」、趙孟曰「善哉、保家之主也、吾有望矣」。(『春秋左氏伝』襄公二十七年)

(59) 原文は次のとおりである。

『漢書』「地理志」曰「參爲晉星。其民有先王遺敎、君子深思、小人儉陋。故唐詩「蟋蟀」「山樞」「葛生」之篇曰「今我不樂、日月其邁」「宛其死矣、他人是媮」「百歳之後、歸于其居」皆思奢儉之中、念死生之慮」。可見、諸詩皆欲其奢儉得中、原非専爲刺儉。(『毛詩後箋』巻十「唐、蟋蟀」)

なお、文中、三篇の詩からその句を引用しているが、これらは順に「唐風、蟋蟀」二章、「唐風、山有枢」一章(『毛詩後箋』では同句について「媮」字を用いるが、『毛詩正義』では「愉」字に作る)、「唐風、葛生」四章にみえる。

(60) 原文は次のとおりである。

『後漢書』馬融、上「廣成頌」云「臣聞孔子曰「奢則不孫、儉則固」。奢儉之中、以禮爲界。是以「蟋蟀」「山樞」之人、竝刺國君、諷以大康・馳驅之節」。顏師古注「言僖公以大康貽戒、昭公以不能馳驅被譏」。馬融、傳『毛詩』者、其言與班「志」合。蓋此詩因刺僖公「儉不中禮」、故全編皆言中禮之事。中禮、則樂而無荒、仍不害其爲儉。不中禮、則不可謂儉、祗見其不樂而已。『經』之大旨如此。毎章前四句似爲荒樂者代述其言、後四句又似戒其耽於逸樂、其實不然。前謂吾君亦姑行樂、毋一於儉、後則謂樂自有節、乃是奢儉得中耳。所云憂深思遠者、正在於此。（『毛詩後箋』巻十「唐、蟋蟀」）

なお文中の「奢則不孫、儉則固」は『論語』「述而第七」にみえる。

(61) 原文は次のとおりである。
『鹽鐵論』「通有篇」引「孔子曰「不可大儉極下」。此「蟋蟀」所爲作」、此尤足見『序』説之古。不止如『稽古編』所引枚乘・傅毅之言也。（『毛詩後箋』巻十「唐、蟋蟀」）

(62) 原文は次のとおりである。
先儒以『詩序』爲子夏作非也。考其源流、蓋在毛公以後矣。（『讀詩剳記』巻之一「詩序」第一条）

(63) 原文は次のとおりである。
炘案、此言似是而實非。葉石林黄初四年『詩序』見詔之語、本攷之、未能精核。服子愼・蔡中郎、皆衞敬仲後人、引説『詩序』何足爲怪。惟西漢前人、實未引用『詩序』……「始於憂勤、終於逸樂」、迺文字偶同、非關説詩。且又安知非敬仲之襲長卿乎。孟子論「北山」之詩、卽作「小序」者之所本、猶之「載馳」「碩人」諸『序』、本『左傳』爲説也。（『讀詩剳記』巻之一「詩序」第二条）

(64) 一例として、夏炘が「衞宏作『詩序』」説を肯定すべく挙げた八点の論拠を、以下整理して略示する。いずれも『讀詩剳記』巻之一「詩序」第一条にみえる。
① 班固「藝文志」……又有毛公之學、自謂子夏所傳無一言及『序』。
② 『後漢書』「儒林傳」始言衞宏作『毛詩序』。
③ 服虔作『春秋左氏傳解誼』・蔡邕著『獨斷』、竝用『詩序』、皆在衞宏以後。
④ 『序』果子夏所作。毛公作『傳』、何不釋『序』一字、亦無一語及『序』。
⑤ 「宛丘」等諸『序』、俱與『傳』不合。
⑥ 笙詩『序』云「有其義而亡其詞」、子夏之時、笙詩未亡、何出此語。
⑦ 六笙詩、毛公篇什、何以不數。

⑧　使『序』作於毛公以前、司馬遷・王式・班固諸儒、何以皆作三百五篇。

第七章　陳啓源の賦比興論
――六義論に関する一考察として――

はじめに

陳啓源は『毛詩稽古編』巻二十五において「総詁、挙要」と題し、詩経学上の様々な命題を採り上げて自身の考えを披露している。実際の項目としては「小序」「四始」「六義」「詩楽」「詩人」「集伝詩証」「逸詩」の七点が数えられるのだが、陳啓源はこれらの中でも「小序」と「六義」の二点を重んじて、特に紙幅を割いている。前者の「小序」は、詩篇の冒頭に附された序文を指す術語であり、筆者も本書第五・六章において検討を加えた。

他方、ここにいう「六義」とは、『詩経』「周南、関雎」に附与された序文「大序」の、次の一文にもとづく概念として知られている。

故に『詩』に「六義」有り。一に風と曰い、二に賦と曰い、三に比と曰い、四に興と曰い、五に雅と曰い、六に頌と曰う。[1]（「周南、関雎」「大序」）

文中の、風・賦・比・興・雅・頌の六つを総称して「六義」という。古来、多くの学者が研究を重ねてきた詩経学の一大命題である。陳啓源自身の研究に関していえば、「六義」に関する所論は、先掲の「総詁、挙要」の記述の他にも『毛詩稽古編』に散見する。しかしながら、本書の先行研究等、特にこの点を採り上げて検討を加えた専論はみられない。ゆえに、「六義」に対する陳啓源の所論を抽出し検討することによって、彼の六義論を把握し、その詩経学をより一層解明する必要性があると愚考する。

ところで、この「六義」に関しては、現在に至るまで多くの研究者が、その指し示す内容に鑑み、風雅頌と賦比興に大きく二分し、それぞれを別々の概念と規定した上で、持論を展開している。詳細は以下本章にて述べることとするが、筆者は陳啓源の六義論を解明する端緒として、彼の「六義」に対する理解に則り、本章における研究対象を賦比興の三点に絞り込み、この賦比興に対する彼の見解や学説を精査した上で、その詩経学上の特色を明らかにしたい。

一　「六義」における賦比興

先述のとおり、「六義」は『詩経』「周南、関雎」の「大序」にもとづく概念であるが、本章での考察を進めるに先立ち、ここで簡潔な説明を施しておきたい。

「六義」という概念がいつごろから存在していたのかは確定できないが、たとえば『周礼』には「六詩」として、『詩経』の「六義」と同様の一文が確認できることから[2]、やはり古くから風・賦・比・興・雅・頌の六つが一括りに論じられてきたことがわかる。そして、この「六義」を風雅頌と賦比興の、大きく二つに分類して理解する論法については、『毛詩正義』にみえる次の記述を参照したい。

然らば則ち風雅頌なる者は詩篇の異体、賦比興なる者は詩文の異辞なるのみ。大小同じからざるも並びて

「六義」と為すを得る者は、賦比興は是れ『詩』の用うる所、風雅頌は是れ『詩』の成形、彼の三事を用いて此の三事を成す。是の故に称を同じくし義と為す。別に篇巻有るに非ざるなり。(3)（『毛詩正義』巻一「周南、関雎」『孔疏』）

風雅頌は『詩経』の詩篇の様式の種別を指し、賦比興は詩篇における表現法の種別を指す。その指示するものに差異がありながらも「六義」として同列に称されるのは、表現法たる賦比興によって詩の体である風雅頌が完成するためだというのである。

かくして「六義」は風雅頌と賦比興に二分して把握されるが、ここで先掲の『周礼』「六詩」の鄭玄注をみると、鄭玄は賦比興の意味するものを次のように定義する。

賦を之(これ)鋪と言う。直(ただ)ちに今の政教善悪を鋪陳す。比、今の失を見、敢て斥言せず、比類を取りて以て之を言う。興、今の美を見、媚諛するを嫌い、善事を取りて以て之を勧む。(4)（『周礼正義』巻二十三「春官、大師」「鄭注」）

ここから鄭玄がすでに賦比興を修辞法として把握していたことと、賦比興の修辞が用いられる場面を規定していること、賦比興の修辞と美刺の密接な関係性を認識していることがわかる。

そして、この鄭玄の説を踏まえ、朱熹（朱子、一一三〇～一二〇〇）は賦比興に関して次のような定義を施している。

賦なる者は、其の事を敷陳して、直(ただ)ちに之を言う者なり。（『詩集伝』巻一、周南一之一「葛覃」）

比なる者は、彼の物を以て此の物に比するなり。（『詩集伝』巻一、周南一之一「螽斯」）

興なる者は、先ず他の物を言い、以て詠む所の詞を引起するなり。(5)（『詩集伝』巻一、周南一之一「関雎」）

朱熹が、鄭玄による賦比興の定義から美刺の要素を撤去し、賦比興を純粋な修辞法として位置づけようとしたことが、これらの説明から看取できよう。この朱熹による賦比興の定義は、彼の詩経学の流布とも相俟って、以

降、多くの学者に継承され、賦比興の概説的解釈として用いられるようになる。(6)

また、朱熹の賦比興解釈の特徴としては、陳啓源が、

毛公独だ興体のみを標し、朱子兼ねて比・賦を明らかにす。(7)（巻二十五「総詁、挙要、六義」）

と述べているように、朱熹が『詩集伝』において、あらゆる詩篇の章句を分析し、賦比興のいずれに類するのかを辨別したことが挙げられる。『毛伝』は、興については詩篇に標示するが賦や比については特に記載がないのに対し、朱熹は、興とともに賦と比を明示したのである。朱熹のこの試みにより、賦比興の存在が『詩経』の読者に、より明確に認識され始めたといえよう。

二　陳啓源の賦比興論

さて、『毛詩稽古編』において、陳啓源は先掲の朱熹等と同様に、詩の「六義」を風雅頌と賦比興に二分して論じ、賦比興を『詩経』の詩篇における修辞法と定義する立場を取るが、では、彼の賦比興理解にはどのような特徴がみられるのであろうか。

まず、陳啓源は興について、次のような整理と分析を試みている。

『詩』の興体は定無し。少を以て多を興する者有り、多を以て少を興する者有り、全て用て興する者有り。古人の『詩』を作るは、豈、後世の常格有るが若からんや。(8)（巻十九「大雅、生民之什上、行葦」）

陳啓源はここで興体、つまり興の修辞について、その句法を以下のように概括する。少ない詩句から引起してより多くの含義を導出するもの、逆にたくさんの詩句から引起して量的には少ない含義を導出するもの、また、

詩篇のすべての章句を発端としてそこから全体的な詩の含義を表出させるもの、これら三種の句法を陳啓源は提示している訳である。

また、陳啓源は興について、その修辞の用法を次のように説明する。

> 詩人の興体は、象を物に仮り、寓意良に深し。凡そ興に託すること是に在らば、則ち或いは美し或いは刺り、皆、興中に見わる。故に必ず物理を研窮し、方めて与に興を言うべし。『詩』を学ぶに多識を重んずる所以なり。[9]（巻二十五「総詁、挙要、六義」）

陳啓源に依れば、興の修辞のひとつとして、他の物に仮託して、美刺等の表現すべき内容を伝える用法があり、こうした興の深奥なる寓意を詩篇から読み取るために、多くの知識を習得しておかねばならないという。

興の修辞の用法について、陳啓源は詩篇解釈に際し、次のような見解を述べている。

> 「鴛鴦」詩四章、実義を以て興と為す、此れ又一つの興体なり。万物に交わりて道有るは、僅かに鴛鴦の畢羅に在るのみならず。自ら奉養し節有るは、乗馬の摧秣に止まらず。一つを挙げて以て其の余を槩す。故に『伝』以て興と為して『箋』復た其の義を広む。[10]（巻十五「小雅、甫田之什、鴛鴦」）

ここで陳啓源は、現実に存在する様々な事象から一点を採り上げ、それを詩篇に用いることによって、関連するその他の事象を類推させる、という興の修辞の用法があることを示している。この類推による用法は、先掲の仮託による用法と比較すると、後者はしばしば知識と想像に依る事象の飛躍が求められるが、類推による用法は、興を引起する詩句に用いられる事象と導出される対象の間には何らかの関連性や性質的近似が前提にあるため、全体として表現される詩篇の意義が現実の事象から大きく乖離することなく、導出されやすい点に特色があるといえる。

陳啓源は同様に、次のような例も提示している。

首章の菽は、牛俎の芼なり。次章の芹は、加豆の菹なり。皆諸侯を待つ所以の礼、此れを以て興と為すは、乃ち興体の正意を離れざる者。[11]（巻十六「小雅、魚藻之什、采菽」）

「采菽」における興は、諸侯に対する礼に関する事象から引起して諸侯を導出するのであるが、これもまた「鴛鴦」と同様に、相互に関連する事象を用いた類推の用法である。陳啓源は「鴛鴦」においては「実義」、「采菽」においては「正意」という言葉を用いてこの用法を説明しているが、いずれもその示唆する概念は同じであることがわかる。

さて、賦比興のうち比と興は、いずれも比喩法に属する修辞法であるが、ここで留意すべきは、比・興両体の修辞の区別についてである。陳啓源は次のようにいう。

比・興、皆、喩にして体、同じからず。興なる者は、興会至る所、即くに非ず離るるに非ず、言此に在るも、意彼に在り、其の詞微なるも、其の指遠し。比なる者は、一正一喩、両つながらに相譬況し、其の詞決まらば、其の指顕れ、且つ賦と交錯して文を成すも、興語の用、発端を以て多く章首に在るに若かざるなり。[12]（巻二十五「総詁、挙要、六義」）

陳啓源は、比と興の修辞を以下のように分析して定義づけている。興の修辞は、近くのことを述べて遠くのことを想起させたり、微かな表現から遠大なものごとを想起させる。比の修辞は、ひとつの言葉にひとつの比喩表現があり、用いる表現が決まればそれが指し示す比喩の対象も決まる。そして、直叙である賦と入り交じりながら詩篇の含義を表現するという。

更に陳啓源は、比と興の修辞を比較して、次のように述べている。

比・興、皆、喩に託すと雖も、但だ興は隠にして比は顕なり、興は婉にして比は直なり、興は広にして比は狭なり。[13]（同右）

陳啓源はここで、いずれも比喩法に属する比と興について、興の修辞が『詩経』解釈においてはより高度な表現法であることを認めている。陳啓源は、『詩経』の詩篇が持つ含意を表現するための修辞法のうち、特に興の修辞に留意しているのである。

三　朱熹の賦比興論に対する批判

『詩経』解釈に際して、賦と比を標示したのは先述のとおり朱熹に始まる。朱熹が多くの新解を創造して、以降の詩経学に多大な影響を与えたことは周知のとおりである。ところで『毛詩稽古編』を一読すると、陳啓源は朱熹による賦比興の解釈に対しても多くの反論を提示している。そこで、陳啓源が朱熹を批判したその論点を整理することを手掛かりとして、陳啓源の賦比興に対する考えをより明らかにしたい。

陳啓源は、興の修辞法について、朱熹が主張する興の修辞の用法を採り上げ、批判を加えている。次の一文をみてみたい。

朱子、興を論ずるに独り是に異なり、興に両意有り、興して義を為す所を取る者有り、全く其の義を取らず、但だ其の一二字を取る者有り、と謂う。[14]（巻二十五「総詁、挙要、六義」）

陳啓源に依れば、朱熹が論ずるところの興の修辞の用法は二種存在し、ひとつは修辞を用いた結果、詩篇に対して比喩的に義理をもたらす用法、もうひとつは、修辞はあれどもそこに汲み取ることのできる義理が全く存在せず、ただ詩句における一、二文字の表現に着目するだけの用法だという。実際に、朱熹が興に関して、

興に二義有り、一様に全く義理無き有り。[15]（『朱子語類』巻八十一、詩二、大東、第一節）

と述べていることから、彼が確かに二種の用法を提示していることがわかる。この朱熹の興に対する所論について、陳啓源は、朱熹が『詩集伝』において、

興なり。此れ興の全く義を取らざる者なり。[16]（『詩集伝』巻九、小雅二、白華之什二之二「南有嘉魚」）

と述べていることを念頭に置き、「全不取義説（全く義を取らざるの説。以下、本書では全不取義説と表記する）」と呼称している。[17]

陳啓源は、朱熹のこの全不取義説を、次のような論点から批判している。

夫れ全く義を取らざれば、何をか以て「六義」の一に備わる。即ち「関雎」の次章の如きは、本より賦なり。而れども『集伝』目して興と為す。其の興と為す所の者を究むるに、「左右流之、寤寐求之」、両「之」字、相応ずるに止まるのみ……児戯に近からざらんや。[18]（巻二十五「総詁、挙要、六義」）

陳啓源に依れば、朱熹は興を「六義」のひとつに数えながらも、この全不取義説の興に関しては、それが表現する含義は皆無だとする。かように、詩篇に義理をもたらさず、何も意味することのない修辞法が興の用法として認められるならば、果たして興は「六義」のひとつに加えられることがあるだろうか、と陳啓源は反駁しているのである。「周南、関雎」は『詩経』を代表する詩篇のひとつであるが、たとえばその第二章の詩句「左右流之、寤寐求之」を朱熹が採り上げ、本来賦に解釈すべき詩句を、ただ「之」字が呼応するという、表現上の特色だけを捉えることにより興と判別して賦比興の解釈を混乱させていることを、陳啓源はまるで子供の悪ふざけだと一蹴している。以下、この全不取義説に関して、本節で確認した賦比興の混同および文字の呼応という論点を更なる手掛かりとして、検討を加えてみたい。

四　賦比興の混同と全不取義説

まず本節では、朱熹による賦比興の混同と全不取義説の関係について、陳啓源の所論を手掛かりに検討を加えてみたい。

陳啓源は、朱熹が比の修辞を賦や興の修辞と誤用したことに触れて、その問題性を次のように論及する。

「我心匪石」「螓首蛾眉」「毳衣如菼」「如山如阜」「金玉爾音」「如跂斯翼」「价人維藩」「敦琢其旅」の類[19]が如きは、皆、比なり。而れども『集伝』概ね以て賦と為す。『詩』中顕然の比体、既に之を賦中に溷す。更に興体中に於て、分かちて比体を立てんと欲すれば、本より同じき者を取りて彊いて其の異を求め、同異を毫芒の間に争わざるを得ず。「凱風」篇、首章を以て比と為し、次章を興と為し、「小雅、谷風」[20]篇、前二章を以て興と為し、末章を比と為し、「青蝿」篇、首章を以て比と為し、二三章を興と為すが如きは、支離穿鑿、風雅地を掃く。反って先儒、比・興を識らずと謂うは、何をか以て其の心に服せんや。[21]（巻二十五「総詁、挙要、六義」）

朱熹は、比喩法である比を、直叙である賦と取り違えたばかりか、興の修辞で編まれた詩篇に比の修辞を混在させ、ひとつの詩篇に比と興を併存させた。陳啓源はこの混入を採り上げ、朱熹の行為が、新解を求めるあまりに、本来の『詩経』解釈や修辞の判断を恣意的にねじ曲げるものだと批判しているのである。かような朱熹が、先儒の解釈を指して「比・興を識らず」と断ずることも、陳啓源にとって看過できないことであった。

朱熹が詩篇の各章に賦と比も標示したことは先述のとおりだが、陳啓源は、朱熹が比と判断した詩篇が、実は興との混同、すなわち誤りであることを指摘して、次のように述べている。

毛公独だ興体のみを標し、朱子兼ねて比・賦を明らかにす。然れども朱子判じて比と為す所の者は、多くは是れ興なるのみ。……劉舎人、比の義を論ずるに、金錫・圭璋・澣衣・席巻の類を以て之に当つ(22)。然らば則ち比なる者は彼を以て此を況し、猶お文の譬喩のごとく、興と絶えて相似ざるなり。朱の『詩』を釈するに例を新ため、比・興、義の明白なる者、皆、判じて比と為す。「螽斯」「緑衣」「匏有苦葉」諸篇の如きは、本より興なり。而れども比を以て之を目し、是に由りて比・興二体、疑溷して分かち難し。故に興体を釈するに、反って推して之を遠ざけんと欲し、正意を離去せしめて、「全く義を取らざる」の説、出ず(23)。(同右)

ここで陳啓源は、比と興との間には明らかな修辞の差異が認めうるにも拘わらず、朱熹が特に比と興を混同していることと、興であるはずの詩篇も、比喩的修辞によってもたらされる意味内容が明確であれば、比の修辞と判断したことを批判する。そして、この混同によって比と興がかえって分別しがたくなったために、朱熹は、ついには全不取義説を創出するに至った、と陳啓源はここで指摘しているのである。

如上の検討から、朱熹が『詩経』における新解を求める過程において賦比興の区別を混同した結果、全不取義説が生じた、と陳啓源が考えていたことが明らかとなった。

五　文字の呼応と全不取義説

本節では、朱熹が全不取義説における興を創出するために用いた文字の呼応という手法に対して陳啓源が加えた批判を手掛かりに、彼の賦比興論の更なる検討を試みたい。陳啓源は朱熹が『詩経』の詩句を恣意的に操作して解釈した点を指摘して、次のような批判を繰り広げている。

兄弟相承覆して栄顕たり、朋友相切正して和平たり、二語、実に二倫の要道。而して「常棣」「伐木」両詩、止だ其の指を興中に写すのみ、此れ先儒、興を言うに深求を厭わざる所以なり。『朱伝』興体を釈するは、往往として助語を数えこれを衍ずるを用て、其の句法をして相似せしめ、復た其の義趣を論ぜず。此の両詩に於ては、先儒の華鄂相承、嚶鳴切直の諸語を将て、槩ね刪削し用いず。後の学者何に自りてか詩人の微指を窺わん。其の「常棣」を釈して曰く「常棣之華、則其鄂然而外見者、豈不韡韡乎。凡今之人、則豈有如兄弟者乎」と。以為えらく両「豈」字・両「則」字・両「乎」字、相呼応す、是れ乃ち興体。然れども経文本より此の六字無し、朱子始めて増入するのみ。豈周公詩を作るの時、尚お「六義」に当つること無く、必ず二千載後の『集伝』を待ち、方めて興体と成るか、誣なり。（巻九「小雅、鹿鳴之什、常棣伐木」）

文中、陳啓源は、朱熹が詩篇に元来存在しない助辞を自ら補うことによって詩篇の句を相似させ、それらの詩句が句法上呼応することを論拠として興のひとつに採り上げていることを指摘している。ここで朱熹が判別した興は、陳啓源が文中で「復た其の義趣を論ぜず」と判じているように、まさに全不取義説の興である。この文字の呼応による興の解釈についても、同様の言及が次のように確認できる。

『集伝』に至りては、両「在」字・両「与」字、相呼応するを取りて興と為す。此れ全く義を取らざるの説なり。（巻二「召南、小星」）

陳啓源はここで、朱熹が「小星」詩を興と判別するのに「故に見る所に因りて以て興を起こす。其の義に於て取る所無し。特だ在東・在公、両字の相応ずるを取るのみ」（『詩集伝』巻一、召南一之二「小星」首章）、「興、亦与昴・与裯の二字、相応ずるを取る」（同二章）と述べて、文字の呼応に依拠していることを指摘する。陳啓源が文字の呼応から生じる全不取義説の興に注目していたことがここからも看取できよう。

先の一文も併せて考えるに、陳啓源は、朱熹が全不取義説を興の修辞の一用法として成立させるべく、文字を恣意的に組み込んだことを非難していた訳であるが、この点に関して、彼はより明確に次のように批判を加えている。

甚だしきは、経文本より其の字無きも、『集伝』代わりて補出を為し、其の句法をして相応ぜしむる者有り。「鄭風、揚之水」「魏風、園有桃」「唐風、綢繆」「小雅、常棣」の類の如く、指を屈するに勝えず。[30] 是れ「六義」、書に在らずして、『集伝』に在り。尤も笑うべきなり。[31]（巻二十五「総詁、挙要、六義」）

陳啓源は該当する詩篇を幾つも挙げた上で、朱熹の補筆による興体解釈が認められるならば、『詩経』の一大命題であるはずの「六義」が、『詩経』それ自体にではなく、まるで朱熹『詩集伝』に備わっているかのようだと述べて、朱熹の恣意的な興の解釈を痛烈に批判しているのである。

この呼応を用いた全不取義説の成立について、陳啓源は他にも留意すべき指摘を加えている。彼は「棫樸」の解釈に際して次のように述べる。

「棫樸薪槱」、是れ俊乂朝に盈つるの喩、「烝徒舟楫」、是れ策力効を畢くすの喩。『序』の所謂能く人を官にするなり。[32] 朱子興体を論ずるに最も此の二興を軽んじ、止だ助字を数うるを以てこれを畢え、[33] 其の義を究めざるは、宜ど其の『序』を以て誤と為す。[34]（巻十七「大雅、文王之什上、棫樸」）

陳啓源は、朱熹が「棫樸」の興を説明する際、その興が引起する詩篇の含意等を示さずに、ただ助辞を加えて文字の呼応を作り、それによって興が成立することを示すだけである点を批判しているが、ここで陳啓源は、朱熹が『詩序』に反発し、『詩序』の解釈に依らないために全不取義説を利用したことを示唆している。つまり陳啓源は、朱熹の廃序主義が、その賦比興解釈においても影響を及ぼしていることをここに確認した訳である。

如上の検討から、陳啓源が、朱熹の全不主義説の興を、「六義」のひとつに数えるには不自然な表現方法だと判断して批判を加えていたことと、そこから陳啓源が、『詩経』解釈において賦比興が具有しえた含義を重んじていたことが整理できた。

小　結

ここまで、陳啓源の六義論研究の一環として、彼の賦比興論を考究してきた。まず陳啓源が賦比興を詩篇における修辞法と理解し、とりわけ興の修辞の用法を重視していることと、興の用法として、仮託による比喩法の他に、事象の性質的近似を用いた類推法があることを主張していることが整理できた。

加えて、陳啓源による朱熹の賦比興解釈への批判を検討することから、彼の賦比興論の解明を試みた。その結果、朱熹が自らの新解を成立させるべく提唱した全不取義説に対して、陳啓源が、賦比興の混同、恣意的な文字の補足、および『詩序』に対する反発といった種々の問題点を指摘して批判を加えていたことが確認できた。

以上のような検討から、朱熹の賦比興解釈が全不取義説を提唱して無意義の興を創出したことにより、「六義」という概念規定を根底から逸脱したことに対して、陳啓源が、賦比興が「六義」として規定される以上は、何らかの意義を導出すべきと考え、特に興による修辞がもたらす詩篇の含義を重要視していたことと、この見地に立脚して、朱熹の賦比興論を批判していたことが判明した。

ここで陳啓源が『詩集伝』に関して述べた次の一文を提示したい。

元儒に朱克升なる者有り、『詩伝疏義』を著し、最も『集伝』を重んず。能く虚詞・助語を以て詩蘊を発明すと謂うは[35]、殆ど斯の類を指して言う。然れども吾の、疑いを『集伝』に無くすること能わざるも、亦正に此れに在り[36]。（巻二十五「総詁、挙要、六義」）

『詩経疏義会通』の著者である朱公遷（字、克升。生没年不詳）は、朱熹の詩経学に傾倒し、朱熹が助辞等を補足して文字の呼応を創出し、それにもとづき興を解釈したことを称揚したのであるが、陳啓源が朱熹の詩経学に疑問を抱かざるをえない点も、まさにこの全不取義説の興に供するための改竄が原因だという。陳啓源は、「六義」としての賦比興には、詩篇において導出すべき意義が必ず存することを強く主張していたのである。

（1）原文は次のとおりである。
故『詩』有「六義」焉。一曰風、二曰賦、三曰比、四曰興、五曰雅、六曰頌。（「周南、関雎」「大序」）

（2）『周礼』「春官、大師」に次のようにみえる。
教「六詩」、曰風、曰賦、曰比、曰興、曰雅、曰頌。

ここにいう「六詩」と「六義」は同一の概念を表すものとして考えられる。この点については、たとえば、馮浩菲『歴代詩経論説述評』三（一）「六義与六詩相同説」（中華書局、二〇〇三年十月、四三～四七頁）を参照されたい。

（3）原文は次のとおりである。
然則風雅頌者、詩篇之異體、賦比興者、詩文之異辭耳。大小不同而得竝爲「六義」者、賦比興是『詩』之所用、風雅頌是『詩』之成形、用彼三事成此三事。是故同稱爲義。非別有篇卷也。（『毛詩正義』巻一「周南、関雎」『孔疏』）

（4）原文は次のとおりである。
賦之言鋪。直鋪陳今之政教善惡。比、見今之失、不敢斥言、取比類以言之。興、見今之美、嫌於媚諛、取善事以喩勸之。（『周礼正義』巻二十三「春官、大師」「鄭注」）

（5）それぞれ原文は次のとおりである。
賦者、敷陳其事、而直言之者也。（『詩集伝』巻一、周南一之一「葛覃」）
比者、以彼物比此物也。（『詩集伝』巻一、周南一之一「螽斯」）
興者、先言他物、以引起所詠之詞也。（『詩集伝』巻一、周南一之一「関雎」）

（6）朱熹の賦比興解釈とその影響等に関しては莫礪鋒『朱熹文学研究』第五章三節「朱熹関於賦比興的分析」（南京大学出版社、

二〇〇〇年五月、二四〇～二五五頁)、檀作文『朱熹詩経学研究』第三章「朱熹対『詩経』文学性的認識(下)」(学苑出版社、二〇〇三年八月、一五一～二一九頁)等に詳しく、参照されたい。

(7) 原文は次のとおりである。

毛公獨標興體、朱子兼明比・賦。(巻二十五「総詁、挙要、六義」)

(8) 原文は次のとおりである。

『詩』之興體無定。有以少興多者、有以多興少者、有全用興者。古人作『詩』、豈若後世有常格乎。(巻十九「大雅、生民之什上、行葦」)

(9) 原文は次のとおりである。

詩人興體、假象於物、寓意良深。凡託興在是、則或美或刺、皆見於興中。故必研窮物理、方可與言興。學『詩』所以重多識也。(巻二十五「総詁、挙要、六義」)

(10) 原文は次のとおりである。

「鴛鴦」詩四章、以實義爲興、此又一興體也。交萬物有道、不僅在鴛鴦之畢羅。自奉養有節、不止於乘馬之摧秣。舉一以槩其餘。故『傳』以爲興而『箋』復廣其義。(巻十五「小雅、甫田之什、鴛鴦」)

なお、「鴛鴦」の『詩序』と本文は次のとおりである。陳啓源は詩篇にみえる狩猟や飼育の記述が興を引起して、『詩序』の記述にみえる賢明な王を導出すると考える。

鴛鴦、刺幽王也。思古明王、交於萬物有道、自奉養有節焉。(「小雅、甫田之什、鴛鴦」「小序」)

鴛鴦于飛、畢之羅之、君子萬年、福祿宜之。鴛鴦在梁、戢其左翼、君子萬年、宜其遐福。乘馬在廐、摧之秣之、君子萬年、福祿艾之。乘馬在廐、秣之摧之、君子萬年、福祿綏之。(「小雅、甫田之什、鴛鴦」)

(11) 原文は次のとおりである。

首章之菽、牛俎之芼也。次章之芹、加豆之菹也。皆所以待諸侯之禮、以此爲興、乃興體之不離正意者。(巻十六「小雅、魚藻之什、采菽」)

なお「采菽」の『詩序』および首章と二章は次のとおりである。

采菽、刺幽王也。侮慢諸侯、諸侯來朝、不能錫命、以禮數徵會之、而無信義、君子見微而思古焉。(「小雅、魚藻之什、采菽」「小序」)

采薇采薇、筐之筥之、君子來朝、何錫予之、雖無予之、路車乘馬、又何予之、玄衮及黼。觱沸檻泉、言采其芹、君子來朝、言観其旂、其旂淠淠、鸞聲嘒嘒、載驂載駟、君子所屆。(「小雅、魚藻之什、采菽」首章・二章)

(12) 原文は次のとおりである。

比・興皆喩而體不同。興者、興會所至、非即、非離、言在此、意在彼、其詞微、其指遠。比者、一正一喩、兩相譬況、其詞決、其指顯、且與賦交錯而成文、不若興語之用、以發端多在章首也。(巻二十五「総詁、挙要、六義」)

(13) 原文は次のとおりである。

比・興雖皆託喩、但興隱而比顯、興婉而比直、興廣而比狹。(巻二十五「総詁、挙要、六義」)

(14) 原文は次のとおりである。

朱子論興獨異是、謂興有兩意、有取所興爲義者、有全不取其義、但取其一二字者。(巻二十五「総詁、挙要、六義」)

(15) 原文は次のとおりである。

興有二義、有一様全無義理。(『朱子語類』巻八十一、詩二、大東、第一節)

(16) 原文は次のとおりである。

興也。此興之全不取義者也。(『詩集伝』巻九、小雅二、白華之什二之二「南有嘉魚」)

(17) 以下、本文で検討するように、陳啓源は朱熹の全不取義説に対して、自らの賦比興論に立脚して批判を加えている。こうした朱熹による賦比興解釈に関しては、注6にて先掲の莫礪鋒『朱熹文学研究』第五章三節「朱熹関於賦比興的分析」(二四〇～二五五頁)に詳しく、参照されたい。ここで莫氏は、朱熹の興に関する用法を四点に分類した上で検討を加えている。

(18) 原文は次のとおりである。

夫全不取義、何以備「六義」之一乎。卽如「關雎」之次章、本賦也。而『集傳』目爲興、究其所爲興者、止「左右流之、寤寐求之」、兩「之」字相應耳……不近兒戯乎。(巻二十五「総詁、挙要、六義」)

(19) 陳啓源が文中で提示した詩句の出典はそれぞれ以下のとおりである。

「我心匪石」(「邶風、柏舟」)、「螓首蛾眉」(「衛風、碩人」)、「毳衣如菼」(「王風、大車」)、「如山如阜」(「小雅、鹿鳴之什、天保」)、「金玉爾音」(「小雅、鴻鴈之什、白駒」)、「如跂斯翼」(「小雅、鴻鴈之什、斯干」)、「价人維藩」(「大雅、生民之什、板」)、「敦琢其旅」(「大雅、臣工之什、有客」)。

(20) 陳啓源が例示した「邶風、凱風」「小雅、谷風之什、谷風」「小雅、甫田之什、青蠅」の三詩について、『毛伝』はすべて興に分類しており、陳啓源もこれに準じている。また、陳啓源は『毛詩稽古編』巻三「邶風、凱風」においてこれら三詩を同様に提示して、朱熹の賦比興解釈における混同を批判している。

(21) 原文は次のとおりである。
如「我心匪石」「螓首蛾眉」「毳衣如菼」「如山如阜」「金玉爾音」「如跂斯翼」「价人維藩」「敦琢其旅」之類、皆比也。而『集傳』概以爲賦。『詩』中顯然之比體、既溷之於賦中。更欲於興體中、分立比體、取本同者而彊求其異、不得不爭同異於毫芒之間。如「凱風」篇、以首章爲比、次章爲興、「小雅、谷風」篇、以前二章爲興、末章爲比、「青蠅」篇、以首章爲比、二三章爲興、支離穿鑿、風雅掃地矣。反謂先儒不識比・興、何以服其心乎。（巻二十五「総詁、挙要、六義」）

(22) 劉勰『文心雕竜』に、次のようにみえる。
故金錫以喩明徳、珪璋以譬秀民、螟蛉以類教誨、蜩螗以寫號呼、澣衣以擬心憂、卷席以方志固、凡斯切象皆比義也。（『文心雕竜』巻八「比興」第三十六）

(23) 原文は次のとおりである。
毛公獨標興體、朱子兼明比・賦。然朱子所判爲比者、多是興耳。……劉舍人論比義、以金錫・圭璋・澣衣・席卷之類當之。然則比者以彼況此、猶文之譬喩、與興絶不相似也。朱之釋『詩』新例、比・興、義之明白者、皆判爲比。如「螽斯」「綠衣」「匏有苦葉」諸篇、本興也。而以比目之、由是比・興二體、疑溷而難分。故釋興體、反欲推而遠之、使離去正意、而「全不取義」之説出矣。（巻二十五「総詁、挙要、六義」）

(24) 文中の引用に該当する記述は、たとえば『鄭箋』にそれぞれ次のようにみえる。
猶兄弟相求、故能立榮顯之名。（「小雅、鹿鳴之什、常棣」『鄭箋』）
言昔日未居位、在農之時、與友生於山巖伐木、爲勤苦之事、猶以道徳相切正也。（「小雅、鹿鳴之什、伐木」『鄭箋』）

(25) いずれの語も「常棣」および「伐木」の『毛詩正義』『孔疏』に散見する。

(26) 引用文は『詩集伝』巻九、小雅二、鹿鳴之什二之一「常棣」にみえる。ここでは、より文意を明確にするため、書き下さずに原文のまま提示する。

(27) 原文は次のとおりである。
兄弟相承覆而榮顯、朋友相切正而和平、二語實二倫要道。而「常棣」「伐木」兩詩、止寫其指於興中、此先儒言興所以不厭深求也。『朱傳』釋興體、往往用數助語衍之、使其句法相似、不復論其義趣。於此兩詩、將先儒華鄂相承、嚶鳴切直諸語、槩刪削不用。後之學者何自窺詩人微指乎。其釋「常棣」曰「常棣之華、則其鄂然而外見者、豈不韡韡乎。凡今之人、則豈有如兄弟者乎」。以爲兩「豈」字・兩「則」字・兩「乎」字相呼應、是乃興體矣。然經文本無此六字、朱子始增入耳。豈周公作詩時、尙無當於「六義」、必待二千載後之『集傳』、方成興體邪、誣矣。（巻九「小雅、鹿鳴之什、常棣伐木」）

(28) 原文は次のとおりである。
至『集傳』、取兩「在」字・兩「與」字、相呼應爲興。此全不取義之説也。（巻二「召南、小星」）

(29) 原文はそれぞれ次のとおりである。
故因所見以起興。其於義無所取。特取在東・在公、兩字之相應耳。（『詩集伝』巻一、召南一之二「小星」首章）
興、亦取與昴・與裯、二字相應。（同二章）

(30) 一例として「鄭風、揚之水」の該当する詩句と『詩集伝』の記事を次に示す。
揚之水、不流束楚、終鮮兄弟、維予與女、無信人之言、人實迋女。（「鄭風、揚之水」首章）
揚之水、則不流束楚矣。終鮮兄弟、則維予與女矣。（『詩集伝』巻四、鄭一之七「揚之水」首章）

(31) 原文は次のとおりである。
甚有經文本無其字、而『集傳』代爲補出、使其句法相應者。如「鄭風、揚之水」「魏風、園有桃」「唐風、綢繆」「小雅、常棣」之類、不勝屈指。是「六義」不在書、而在『集傳』矣。尤可笑也。（巻二十五「総詁、挙要、六義」）

(32) 文中冒頭の語句に対応する詩句と、「棫樸」の『詩序』は以下のとおりである。
棫樸、文王能官人也。（「大雅、文王之什、棫樸」「小序」）
芃芃棫樸、薪之槱之。（「大雅、文王之什、棫樸」首章）
淠彼涇舟、烝徒楫之。（同三章）

(33) 「棫樸」の該当部分に関して、朱熹による興の解釈は次のとおりである。
言芃芃棫樸、則薪之槱之矣。濟濟辟王、則左右趣之矣。（『詩集伝』巻十六、大雅三、文王之什三之一「棫樸」首章）
言淠彼涇舟、則舟中之人、無不楫之。周王于邁、則六師之衆、追而及之。（同三章）
いずれも陳啓源の指摘のとおり、「則」字を詩篇の章句に補足して呼応させている。

(34) 原文は次のとおりである。
「棫樸薪槱」、是俊乂盈朝之喩、「烝徒舟楫」、是策力畢效之喩。『序』所謂能官人也。朱子論興體最輕於此二興、止以數助字畢之、不究其義、宜其以『序』爲誤矣。（巻十七「大雅、文王之什上、棫樸」）

（35）たとえば『詩経疏義会通』綱領の記述等を参照されたい。

（36）原文は次のとおりである。

元儒有朱克升者、著『詩傳疏義』、最重『集傳』。謂能以虚詞助語發明詩蘊、殆指斯類而言。然吾之不能無疑於『集傳』、亦正在此。（巻二十五「総詁、挙要、六義」）

結　語

本書では陳啓源の詩経学を考究すべく、『毛詩稽古編』とその周辺資料について検討を加えてきた。序章でも触れたとおり、陳啓源に関しては伝記資料も乏しく、その人物像を明らかにすることもままならない。また、『毛詩稽古編』に関しては、同書の複雑な成立背景と、その本文に用いられた文字の問題から、現存する諸本を比較校勘することも大変困難であった。筆者の研究は、蒐集しうる限りの資料にもとづいて遂行したのではあるが、遺漏も多々あると考えられるため、今後新たな知見が得られ次第、精査して発表していきたい。

従来の陳啓源および『毛詩稽古編』研究は概説的なものがほとんどであり、同書に対する評価もその一面を捉えたものばかりであったため、本研究はその構成段階において少なからず試行錯誤せざるをえなかったが、詩経学上の一命題である詩序論を研究の中心に据えることにより、陳啓源を詩経学史上に位置づけるに際して、ひとつの方向性を提起できたと愚考する。

陳啓源の詩経学の最大の特徴は、やはり『詩序』に対する篤信であろう。本書第五章および第六章で跡付けたとおり、陳啓源の詩序論は考証学的論理にもとづく学説であり、彼以前の詩経学者とは一線を画するものであった。かような研究の結果、彼は清朝考証学の先駆として、実証的手法により『詩序』の学、つまりは『毛詩』の学の復権を果たした訳であるが、これこそ彼が詩経学史上に残した確かな足跡であり、最大の貢献といえよう。

本書第三章および第七章では、朱熹の詩経学に対する陳啓源の姿勢を幾分か確認しえたが、そこでも彼は『詩序』の解釈を判断基準として朱熹の学説を取捨していた。このように、陳啓源の詩経学を語る上で、『詩序』への篤信とその影響は常に考慮に入れるべきであろう。

この陳啓源による『詩序』研究を、清初以降の諸学者が脈々と受け継ぎ、それぞれの詩経学を展開させていったことが、清朝における『毛詩』の学の流行を引起した一因であったことも、本書で論じたとおりである。いうなれば陳啓源は、詩経学の趨勢を清初において転換させたのである。

また本書では『毛詩稽古編』の成立と流布を跡付けるべく様々な整理を試みた。結果として、『毛詩稽古編』が起稿に至った原因から、擱筆・流布・上梓そして現在に至るまでの経過が明らかとなった。かような文献学的整理に関しては、これまでの先行研究にみられなかった成果が得られたと自負しているが、それでも多くの未見資料が存するため、今後もより慎重に研究を進めていく所存である。

参考文献

一　陳啓源『毛詩稽古編』

陳啓源『毛詩稽古編』三十巻（『文淵閣四庫全書』所収本、台北：商務印書館、一九八六年）
――『毛詩稽古編』三十巻（『孔子文化大全』所収張敦仁所校清抄本、山東：山東友誼書社、一九九一年十月）
――『毛詩稽古編』三十巻（嘉慶十八年刊本）
――『毛詩稽古編』三十巻、附費雲倬『毛詩稽古編附攷』一巻（嘉慶二十年重刊本）
――『毛詩稽古編』三十巻（『皇清経解』所収本、台北：復興書局、一九六一年五月）
――『毛詩稽古編』三十巻、附費雲倬『毛詩稽古編附攷』一巻（光緒九年上海同文書局縮印本、上海：上海同文書局、一八八三年）

二　典　籍

『漢書』（点校本、北京：中華書局、一九六二年六月）
『後漢書』（点校本、北京：中華書局、一九六五年五月）
『三国志』（点校本、北京：中華書局、一九八二年七月）
『宋史』（点校本、北京：中華書局、一九七七年十一月）
『元史』（点校本、北京：中華書局、一九七六年四月）
『明史』（点校本、北京：中華書局、一九七四年四月）

『清史稿』(点校本、北京：中華書局、一九七七年八月)
『清史列伝』(北京：中華書局、一九八七年十一月)
『阮刻十三経注疏附校勘記』(台北：新文豊出版公司、一九八八年七月)
『詩伝大全』(『文淵閣四庫全書』所収本、台北：商務印書館、一九八六年)
『四庫全書総目提要』(台北：商務印書館排印本、一九七一年七月)
『御纂詩義折中』(『文淵閣四庫全書』所収本、台北：商務印書館、一九八六年)
同治『蘇州府志』(光緒九年版本『中国方志叢書』所収本、台北：成文出版社有限公司、一九七〇年五月)
『詩経要籍集成』(北京：学苑出版社、二〇〇二年十二月)
『孔叢子』(台北：商務印書館、一九七一年二月)
[漢] 桓寛『塩鉄論校注』(王利器校注、北京：中華書局、一九九二年七月)
[漢] 蔡邕『独断』(上海：商務印書館、一九三六年六月)
[梁] 蕭統『文選』(上海：上海古籍出版社、一九八六年六月)
[梁] 劉勰『文心雕竜』(上海：商務印書館、一九三六年二月)
[陳] 徐陵『玉台新詠』(台北：台湾中華書局、一九七六年三月)
[唐] 陸徳明『経典釈文』(京都：中文出版社、一九七二年六月)
[宋] 欧陽脩『詩本義』(『通志堂経解』所収本、揚州：江蘇広陵古籍刻印社、一九九三年十一月)
[宋] 蘇轍『詩集伝』(『三蘇全書』所収本、北京：語文出版社、二〇〇一年十一月)
[宋] 鄭樵『六経奥論』(『通志堂経解』所収本、揚州：江蘇広陵古籍刻印社、一九九三年十一月)
[宋] 朱熹『朱子全書』(上海：上海古籍出版社、合肥：安徽教育出版社、二〇〇二年十二月)
[宋] 呂祖謙『呂氏家塾読詩記』(『呂祖謙全集』所収本、杭州：浙江古籍出版社、二〇〇八年一月)
[宋] 王応麟『翁注困学紀聞』(翁元圻注、台北：台湾中華書局、一九六五年十一月)
[宋] 段昌武『毛詩集解』(『通志堂経解』所収本、揚州：江蘇広陵古籍刻印社、一九九三年十一月)
[元] 朱公遷『詩経疏義会通』(『文淵閣四庫全書』所収本、台北：商務印書館、一九八六年)
[元] 馬端臨『文献通考』(台北：新興書局、一九六三年十月)

[明] 楊慎『転注古音略』(『文淵閣四庫全書』所収本、台北：商務印書館、一九八六年)
[明] 陳第『毛詩古音考』(『文淵閣四庫全書』所収本、台北：商務印書館、一九八六年)
[清] 朱鶴齡『詩経通義』(『文淵閣四庫全書』所収本、台北：商務印書館、一九八六年)
——『愚庵小集』(上海：上海古籍出版社、一九七九年十一月)
——『杜工部詩集輯注』(『杜詩又叢』所収康熙九年刊本、京都：中文出版社、一九七七年二月)
——『李義山詩集注』(『文淵閣四庫全書』所収本、台北：商務印書館、一九八六年)
[清] 銭澄之『田間詩学』(『文淵閣四庫全書』所収本、台北：商務印書館、一九八六年)
[清] 顧炎武『日知録』(『皇清経解』所収本、台北：復興書局、一九六一年五月)
——『日知録集釈』(上海：上海古籍出版社、二〇〇六年十二月)
[清] 朱彝尊『経義考』(台北：台湾中華書局、一九六五年十一月)
[清] 閻若璩『尚書古文疏証』(『皇清経解続編』所収本、台北：藝文印書館、一九六五年十月)
——『毛朱詩説』(『叢書集成続編』所収本、台北：新文豊出版公司、一九八九年)
[清] 恵棟『九経古義』(『皇清経解』所収本、台北：復興書局、一九六一年五月)
[清] 戴震『東原文集』(『戴震全書』第六冊所収本、合肥：黄山書社、一九九五年十月)
[清] 王昶『春融堂集』(嘉慶十二年刊本)
[清] 銭大昕『十駕斎養新録』(台北：商務印書館、一九六七年三月)
——『十駕斎養新録』(『嘉定銭大昕全集』所収本、南京：江蘇古籍出版社、一九九七年十二月)
——『潜研堂文集』(『嘉定銭大昕全集』所収本、南京：江蘇古籍出版社、一九九七年十二月)
[清] 翁方綱『詩附記』(『叢書集成新編』所収本、台北：新文豊出版公司、一九八五年)
[清] 段玉裁『説文解字注』(台北：藝文印書館、一九五五年十月)
[清] 王念孫『広雅疏証』(南京：江蘇古籍出版社、一九八四年四月)
[清] 張士元『嘉樹山房続集』(道光六年刊本)
[清] 鈕樹玉『匪石先生文集』(羅振玉『雪堂叢刻』所収本、台北：藝文印書館、一九七一年三月)
[清] 銭林『文献徴存録』(台北：文海出版社、一九八六年八月)

[清] 李富孫『校経廎文稾』(嘉慶二十五年刊本)
[清] 胡承珙『毛詩後箋』(『皇清経解』所収本、台北：復興書局、一九六一年五月)
――『毛詩後箋』(合肥：黄山書社、一九九九年八月)
――『求是堂文集』(『続修四庫全書』所収道光十七年刻本、上海：上海古籍出版社、一九九五年)
[清] 周中孚『鄭堂読書記』(『書目題跋叢刊』所収本、北京：中華書局、一九九三年一月)
[清] 唐鑑『国朝学案小識』(台北：台湾中華書局、一九七一年二月)
[清] 張維屏『国朝詩人徴略』(広州：中山大学出版社、二〇〇四年十二月)
[清] 夏炘『読詩劄記』(『続修四庫全書』所収道光十七年刻本、上海：上海古籍出版社、一九九五年)
――『読詩劄記』(『景紫堂全書』第八冊所収本、台北：藝文印書館、一九六九年五月)
[清] 徐鼒『小腆紀伝』(『台湾文献叢刊』所収本、台北：台湾銀行、一九六三年七月)
[清] 李桓『国朝耆献類徴』(揚州：江蘇広陵古籍刻印社、一九九〇年八月)
[清] 李慈銘『越縵堂読書記』(北京：中華書局、一九六三年三月)
[清] 耿文光『万巻精華楼蔵書記』(『書目題跋叢刊』所収本、北京：中華書局、一九九三年一月)
[清] 皮錫瑞『経学通論』(北京：中華書局、一九五四年十月)
――『経学歴史』(台北：藝文印書館、一九八七年十月)
[清] 張其淦『明代千遺民詩詠』(『清代伝記叢刊』所収本、台北：明文書局、一九八五年五月)
[清] 楊鍾羲『雪橋詩話続集』(台北：文海出版社、一九七五年十一月)
[清] 李元慶『国朝先正事略』(台北：文海出版社、一九六七年十月)
[清] 支偉成『清代樸学大師列伝』(台北：藝文印書館、一九七〇年十月)
[清] 徐世昌『清儒学案』(台北：燕京文化事業、一九七六年六月)
[清] 孫静菴『明遺民録』(杭州：浙江古籍出版社、一九八五年七月)
張慧剣『明清江蘇文人年表』(上海：上海古籍出版社、一九八六年十二月)

三　単行本および学術論文（刊行年順）

国内

大川節尚『三家詩より見たる鄭玄の詩経学』（東京：関書院、一九三七年十二月）

友枝龍太郎「詩集伝をとおして見たる朱子の思想――国風を中心として」（『朱子の思想形成』東京：春秋社、一九六九年三月）

井上進「漢学の成立」（『東方学報』第六十一冊、京都：京都大学人文科学研究所、一九八九年三月）

江口尚純「『六経奥論』疑義」（『中国古典研究』第三十六号、東京：早稲田大学中国古典研究会、一九九一年十二月）

西口智也「郝敬の詩序論――朱子批判と孔孟尊重」（『詩経研究』第二十三号、東京：詩経学会、一九九九年二月）

鶴成久章「明代科挙における専経について」（『日本中国学会報』第五十二集、東京：日本中国学会、二〇〇〇年十月）

国外

顧頡剛『辨偽叢刊』（北平：樸社、一九三三年七月）

林慶彰『明代考拠学研究』（台北：台湾学生書局、一九八三年七月、一九八六年十月修訂再版）

莫礪鋒「朱熹『詩集伝』与『毛詩』的初歩比較」（『中国古典文学論叢』第二輯、北京：人民文学出版社、一九八五年八月）

李光筠『朱鶴齢詩経通義研究』（台北：東呉大学中国文学研究所碩士論文、一九八九年五月）

郭明華『毛詩稽古編研究』（台北：東呉大学中国文学研究所碩士論文、一九九二年五月）

林葉連『中国歴代詩経学』（台北：台湾学生書局、一九九三年三月）

――『陳啓源胡承珙詩経之研究』（台北：台湾学生書局、一九九四年七月）

楊晋龍『明代詩経学研究』（台北：国立台湾大学中国文学研究所博士論文、一九九七年六月）

莫礪鋒『朱熹文学研究』（南京：南京大学出版社、二〇〇〇年五月）

蕭開元『晩明学者的『詩序』観』（台北：東呉大学中国文学研究所碩士論文、二〇〇〇年六月）

劉毓慶『従経学到文学』（北京：商務印書館、二〇〇一年六月）

謝正光『清初詩文与士人交遊考』（南京：南京大学出版社、二〇〇一年九月）

戴維『詩経研究史』（長沙：湖南教育出版社、二〇〇一年九月）
呉宏一主編『清代詩話知見録』（台北：中央研究院中国文哲研究所、二〇〇二年二月）
洪湛侯『詩経学史』（北京：中華書局、二〇〇二年五月）
檀作文『朱熹詩経学研究』（北京：学苑出版社、二〇〇三年八月）
馮浩菲『歴代詩経論説述評』（北京：中華書局、二〇〇三年十月）
程元敏『詩序新考』（台北：五南図書出版公司、二〇〇五年一月）
洪文婷「『毛詩稽古編』之解経立場与態度——以陳啟源対朱熹之批評而論」（新竹：台湾清華大学、清華大学中文系二〇〇五年全国研究生論文発表会、二〇〇五年十一月）
——「『毛詩稽古編』之解経原則」（高雄：高雄師範大学経学研究所、第一期青年経学学術研討会資料、二〇〇五年十一月）
——『陳啟源『毛詩稽古編』研究』（桃園：国立中央大学中国文学研究所博士論文、二〇〇七年五月）
——「『毛詩稽古編』之以意逆志説」（台北：輔仁大学中国文学系、第六届先秦両漢学術国際研討会『詩経』、二〇〇七年十一月）

後序

本書は、筆者が北海道大学に提出した学位申請論文『陳啓源の詩経学——『毛詩稽古編』研究』に、学位取得後新たに台湾にて発表した二篇の学術論文を邦語訳して補い、大幅な加筆訂正を施したものである。本書を構成する論文については序章に詳しいが、改稿を経てもその論旨に変わりのないことをここに述べておきたい。

生来、懈怠心に囚われっぱなしの私が研究生活を継続し、こうして一書を成すに至ったのは、いうまでもなく恩師や先輩・学友の叱咤激励による。北海道大学旧教養部で少しばかりの好奇心から受講した漢文講読において、幸いにも弥和順先生の御教示を賜ったことから私は漢籍に興味を覚え、中国哲学を専攻することを決意した。文学部に進学後、弥先生は漢籍の読解法から論文の執筆まで事細かに御伝授下さり、中国学を研究するために必要な基礎力を御与え下さった。やがて大学院進学後は指導教授として、至らぬ私を最後まで見捨てずに御教導下さった。到底報いきれぬ御高恩に、ひたすら拝謝申し上げたい。

当時の中国哲学研究室を思い起こすに、その厳しさたるやまさに千仞の谷底の様相であったが、制度的には融通が利いたためか、所属されている諸先生が総当たりで憐れな子獅子達を御指導して下さったことも懐かしい。

伊東倫厚先生は北大中哲階層制度（ヒエラルキー）の頂点に君臨されており、我々学生はその院ゼミを畏怖していた。伊東先生は懐疑的なものの見方と論理的な思考の組立て方を御教示下さるとともに、我々が無学であることへの自覚をいつも喚起して下さった。九原に旅立たれた先生に御叱正を冀うことは叶わないが、せめて御尊前に拙著を献じたい。佐藤錬太郎先生は斯学に関わる研究者が社会に寄与する模式を御提示下さった。学界という知の大海に、杓子一杯の水でも還元できれば、とおっしゃられたその御言葉は、私の研究生活におけるひとつの行動規範となった。近藤浩之先生は、その広汎な研究視野から国際学会にて御活躍され、その都度最先端の学術を持ち帰っては北大中哲の国際化を促して下さった。無論私も、その知的刺激による啓発を受けた学生の一人である。また、水上雅晴先生は現在琉球大学に御奉職されておられるが、筆者在学の当時は助手・助教として北大中哲研究室に在籍されており、清代学術について全くの門外漢だった私に対し、清朝経学や考証学といった基礎知識を手ほどきして下さったほか、自らの論文発表を通じ、国内外での学術交流のあり方について垂範されて、頼りない後輩であった我々を発憤させて下さった。諸先生から賜った深甚なる御学恩に対し、ここに衷心からの謝意を表するとともに、やがての御報恩を誓いたい。

さて、本書の出版は、私自身に幾つもの幸運が重なった結果として実現された。第一の幸運は、台湾大学文学院の鄭吉雄教授が、学位取得後すぐに北海道大学大学院文学研究科専門研究員となった私をその身分のまま受け入れ御指導下さったことである。鄭教授は緩急巧みに御指導下さり、中国語さえ初習に等しかった私に中国語圏での研究活動に不可欠な様々な技能を習得させて下さった。台湾留学中は、中国語による学術交流や論文執筆・学会発表の機会が得られたことは勿論、台湾大学をはじめとする諸研究機関が収蔵する貴重な資料を参照することも可能となったが、この恩恵は本書の各章に顕著である。第二の幸運は、平成二十一年度科学研究費補助金の申請が採択されたことである。これは当時、文学研究科の庶務を担当されていた伊藤美香氏が、私の不備だらけの申請書に懇切丁寧に朱を入れ修正して下さったおかげである。本書における資料蒐集とその分析は、この平成二十一年～二十三年度科学研究費補助金若手研究（B）「清初以降の清代詩経学における思想的連続性に関する研究」(課題番号二一七二〇〇二五)の一成果であることを附言しておく。第三の幸運は、北海道大学大学院文学研究科が、目的積立金補助金による支援の対象を専門研究員にまで拡張したことである。結果として、私もその出版助成を受けることができた。関係各位には感謝申し上げたい。

如上の幸運が積み重なり、本書の刊行が実現する運びとなったのであるが、編集の実務に際し、私の遅筆に根気強く御対応下さった北海道大学出版会の今中智佳子氏と、拙著に仔細な校正を施して下さった円子幸男氏に、厚く御礼申し上げる。また、中・英文要旨の執筆については、それぞれを母国語とする林逸珉氏と王崧名氏(ともに台湾大学語言中心)に御助力いただいた。併せて御礼申し上げる。

最後に、自分勝手な放蕩者の私をどこまでも支え続けてくれた家族と、書き損じた原稿をいつも颯爽と処理してくれた愛猫と、ともすれば脱線しがちな私をあの手この手で正しい方向へと導き続けてくれた友人諸氏とに、心からの感謝を申し添えて、擱筆の辞としたい。

平成二十二年三月吉日　御堂にて、江楓の若葉を思い起こしながら

江尻徹誠

事項索引

あ 行

か 行

さ　行

た　行

な　行

は　行

ま　行

や　行

ら　行

人名索引

あ　行

か　行

さ　行

た　行

な　行

は　行

ま　行

や　行

ら　行

中文摘要

這本書的研究目標是關於陳啓源《毛詩稽古編》，整理那些文獻，分析陳啓源的詩經學。其要點是三個。第一的論點是《毛詩稽古編》的起源和流傳。這本書裡面已經闡明了那些問題，請看第一章、第二章、第三章。第二的論點是陳啓源的解經方法。陳啓源使用考證學的手法闡明《詩序》的起源是在至少漢代以前，所以他主張《詩序》是可以依靠的文獻，而且他依據《詩序》的記述解經。請看第四章、第五章、第七章。第三的論點是陳啓源的詩經學影響到清代詩經學的實際狀況。清代的有些學者們繼承陳啓源的詩序論，進行更一點深的考證，闡明《詩序》的起源和誠信度。請看第六章。

以下，針對各章的內容，一一敘述要點。

在序章中，筆者首先提出研究的目標、然後整理早期的研究和國際的研究情形，並說明關於明末清初時期的學者陳啓源和他的著作《毛詩稽古編》的基本問題。

在本論第一章，題爲〈陳啓源《毛詩稽古編》的擱筆和流布〉，論到《毛詩稽古編》擱筆的經緯和流布的途徑，釐清詳細情況。《毛詩稽古編》初稿是在康熙十八年的時候、續稿是從康熙二十二年到康熙二十三年之間寫下的，然後三稿，就是完成稿是康熙二十六年(丁卯)的時候完稿了。

在第二章，題爲〈《毛詩稽古編》嘉慶刊本的上梓與其影響〉，闡明了嘉慶刊本的緣起和重刊的經緯，參考《附攷》的校勘，進行了現存諸本的比較和系統化，而且談到了一位校勘者龐佑清的刻意行爲並推測目的。在《附攷》中看見的甲子鈔本、趙氏本，也就是《毛詩稽古編》的續稿和完成稿都有各自特色，然而嘉慶刊本則不繼承其特色。考慮如上情況，筆者做出了龐佑清在所謂的係後定本中留下他的刻意作爲這樣的結論。

在第三章，題爲〈《毛詩稽古編》與《詩經通義》〉，以陳啓源的學友朱鶴齡的著作《詩經通義》作爲資料，整理了他們的交遊和兩書的成書過程以及

關聯性，並闡明了他們的詩經學的一端。

在第四章，題爲〈陳啓源的《詩經》解釋——其方法與後世之評價——〉，對於陳啓源的《詩經》解釋加以考察，分析他對《毛傳》和《鄭箋》的態度，而且弄清他對各種學說取捨選擇的準則。他認爲針對《詩經》進行解釋，應該依靠漢代以前的文獻資料和作爲文字學的小學。

在第五章，題爲〈《毛詩稽古編》中的詩序論〉，詳細考察他的詩序論。陳啓源對《詩序》的起源加以考察，考證了《詩序》的成立時期。他對於「衞宏作《詩序》」之説提出反駁和理論根據，得到了《詩序》是值得信賴的文獻這樣的結論。所以他相信《詩序》，並基於《詩序》的記述解釋詩篇。

在第六章，題爲〈清代詩經學中的詩序論〉，以陳啓源的詩序論作爲開端，注意到清初以後的詩序論和繼承。陳啓源尊重《詩序》的理論根據是由於他對《詩序》的起源做出的一系列考證，有些清初以後的學者繼承他的想法和考證方法。具體的説，惠棟、錢大昕、翁方綱、胡承珙等著名學者肯定陳啓源的考證，而且加以進一步考證，提出新的理論根據。筆者認爲這樣學説的繼承是清代詩經學上流行《毛詩》之學的一個原因。

在第七章，題爲〈陳啓源的賦比興論〉，筆者爲了整理陳啓源的六義論，因而對他的賦比興論進行考察。他認爲賦比興是修辭方式，興體是最重要的。他並對朱熹的興體解釋加以批判，而且主張作爲六義的賦比興應該對引導解釋《詩經》的詩篇有若干意義。

經過如上多方面的考察，筆者得出的結論是，在陳啓源的詩經學上明顯地對《詩序》相當信賴，而且根據考證學，清初以後有些學者繼承了他的考證觀點，成爲清朝學界《毛詩》之學流行的開端。

An outline of this book

This book's purpose is to take an in depth look at Chen Qi-Yuan's research book, *Mao-shi Ji-gu bian*. Preparing these articles, Chen Qi-Yuan analzyed the aforementioned poems. There are three key points. The first point being *Mao-shi Ji-gu bian*'s original source and its expansion methods. This book illustrates these questions in chapters one and two and three. The second point emphasizes Chen Qi-Yuan's method in analyzing the poem and how he used many sources and evidence to illustrate the fact that the original source of "Shi-xu" originated before the Han Dynasty. That is why he claimed the beginning of the poem can rely on the documents and find a way to study the poem according to the way it is introduced at the start. The third point states how Chen Qi-Yuan's poem, "Shi-Jing Xue", influenced the Qing Dynasty's poetry background. In chapter six it is explained that here were some scholars during the Qing Dynasty that carried on Chen Qi-Yuan's work while providing deeper research into his articles' integrity.

江尻徹誠（えじり　てつじょう）

1975年　北海道旭川市生まれ
2008年　北海道大学大学院文学研究科博士後期課程修了
　　　　博士(文学)取得
現　在　北海道大学大学院文学研究科専門研究員
専　攻　中国思想　詩経学
主要論文
「陳啓源『毛詩稽古編』における詩序論について」(『日本中国学会報』第57集，日本中国学会，2005年)
「清代詩経学中的詩序論」(『2007年中日博士生学術研討会・第二届東亜経典詮釈中的語文分析国際学術研討会会議論文集』，文献与詮釈研究論壇，2007年)
「『毛詩稽古編』研究——従成書到流布」(『当代経典詮釈多元整合教学研討会会議論文集』，当代経典詮釈多元整合学程研究計画，2009年)

北海道大学大学院文学研究科　研究叢書18
陳啓源の詩経学——『毛詩稽古編』研究

2010年3月31日　第1刷発行

著　者　江尻徹誠
発行者　吉田克己

発行所　北海道大学出版会
札幌市北区北9条西8丁目　北海道大学構内(〒060-0809)
Tel. 011(747)2308・Fax. 011(736)8605・http://www.hup.gr.jp/

アイワード/石田製本

ISBN978-4-8329-6728-1